Association Fictions

Quelles nouvelles, Monsieur Flaubert ?

Tome 1

Avant-propos

L'Association Fictions ne pouvait laisser passer l'année Flaubert sans accorder au Maître l'offrande de quelques nouvelles. Honorés du label « Flaubert 21 » décerné par l'organisme officiel chargé du bicentenaire, nous avons souhaité présenter au public un volume qui soit à la fois un hommage au plus grand des écrivains normands — hommage pas forcément toujours très respectueux, nous l'admettons — et aussi une occasion de réfléchir sur notre présent.

Pour mener à bien cette double fin, nous avons proposé à l'hiver 2020 un concours de nouvelles sur un thème flaubertien entre tous : la Bêtise. Le titre exact de la compétition était : « 'Époque (la nôtre). Tonner contre'. Écrire la bêtise aujourd'hui. » La contrainte imposée était assez difficile, puisque les participant(e)s devaient mettre en scène des personnages du romancier dans un contexte contemporain. Le jury, composé de membres de notre association, a couronné cinq nouvelles, drôles, spirituelles, ou mélancoliques, que nous avons le plaisir de donner à lire dans le premier tome de notre publication annuelle. Des habitués de l'atelier ont enrichi cette section en proposant d'autres fictions sur le même thème, sans forcément s'astreindre à respecter toutes les consignes du concours. Nous distinguons bien, dans la table, les nouvelles lauréates des supplétives.

Un second tome de l'ouvrage est constitué des actes de nos séances d'atelier : de janvier à juin 2021 se sont tenues six réunions, également en partenariat avec « Flaubert 21 » et toujours dans le cadre des célébrations du bicentenaire. Au cours de nos travaux, nous nous sommes amusés avec l'œuvre de Flaubert : sa correspondance, ses romans, ses contes ont fourni la matière de créations parfois quelque peu irrévérencieuses, mais le bon Maître, lui-même souvent pince-sans-rire et grinçant, nous les pardonnera. Les textes reproduits dans cette seconde partie n'ont fait l'objet d'aucune sélection : ils reflètent le travail, toujours sérieux et passionné, de nos rencontres mensuelles. Certains récits gardent l'allure improvisée des exercices d'atelier, d'autres ont été complètement réécrits. Des participants de tous âges se sont prêtés à nos jeux : des collégiens découvrant l'écriture côtoyaient des étudiants, des professeurs, des bibliothécaires, des scénaristes, mais aussi des invités extérieurs à l'université et au système éducatif. Toutes et tous étaient uni(e)s dans une même passion : apprendre à mieux écrire des histoires.

L'association Fictions, dont le siège est situé au Pôle Lettres de l'université de Rouen (Faculté des Lettres, campus de Mont-Saint-Aignan), propose gratuitement et bénévolement, depuis 2009, des activités, ouvertes à toutes et tous, liées à l'écriture créative (ateliers, rencontres avec des écrivains, publications collectives, etc.).

Tony Gheeraert
Secrétaire de l'association Fictions
http://fictions.asso.fr

Époque (la nôtre).
Tonner contre.

Neuf nouvelles sur la bêtise
contemporaine

Sébastien Verdier

Épidémie au logis

Il est quinze heures sur Radio Gigawatt FM… Antoine Bouvard, c'est à vous !

— Salut les auditeurs, salut les moutons, aujourd'hui dans « À bord de la Cage », je reçois monsieur Homais. Alors, monsieur Homais, pour les auditeurs qui ne vous connaîtraient pas encore, pourriez-vous vous présenter en quelques mots et nous dire, par exemple, pour commencer, votre profession ?

— Bien volontiers ! Disons que le terme qui se rapporte le mieux à mes compétences, à mes connaissances ainsi qu'à mes occupations présentes, serait « épidémiologiste ». Car, voyez-vous, en ce moment, je m'occupe, ou plutôt je m'intéresse de près — entre autres choses — à la situation sanitaire actuelle ; c'est-à-dire que je me renseigne sur les infections en général, je compare les informations médicales, pharmaceutiques, bactériologiques que je trouve — et que, ceci dit en passant, chacun peut consulter sur internet. Mais ce qui me caractérise, je dirais, c'est que je n'effectue pas une lecture passive de ces documents comme — hélas — beaucoup de mes compatriotes, non. Moi, j'analyse, je compare les théories, les soupèse à l'aune de la démarche scientifique et en retire des conclusions. Des conclusions qui me sont propres, bien entendu, et qui font parfois grincer des dents l'intelligentsia bien-pensante mais, que voulez-vous… on ne peut pas plaire à tout le monde !

Monsieur Homais, conseiller en phytothérapie, retirait une grande satisfaction de l'interview qui lui était enfin accordée par cette petite radio locale. Ses posts sur son mur Facebook, ses articles sur son blog Wordpress, ses vidéos sur sa chaîne Youtube, les commentaires qu'il laissait sur une pléthore de sites d'information, avaient enfin fait mouche. Son style percutant, ses théories originales et son franc-parler l'avaient enfin rendu visible.

— Si je comprends bien, monsieur Homais, vous êtes donc parfaitement au courant de la situation dans laquelle nous nous trouvons aujourd'hui.

— Oui. Situation inqualifiable si vous me permettez d'ajouter cette épithète.

Monsieur Homais jubilait. Qu'allait dire sa voisine quand il rentrerait et qu'il lui demanderait si elle avait écouté l'émission d'informations qui était diffusée sur la radio qu'il lui avait mystérieusement demandé d'allumer avant de partir de chez lui, tout à l'heure ? Et ses collègues ? Avec quels nouveaux regards l'accueilleraient-ils à présent ? Il n'osait pas encore l'espérer.

— Alors, monsieur Homais, puisque vous maîtrisez le sujet, pouvez-vous nous partager vos réflexions sur ces nouveaux vaccins qui viennent d'arriver ?

Monsieur Homais attendait cette question (celle-là ou une autre), qui lui permettrait d'éblouir ses concitoyens, non par l'étendue de ses connaissances encyclopédiques mais par la façon dont son esprit supérieur avait habilement démêlé l'écheveau des milliers d'informations, plus ou moins contradictoires, dont le monde était abreuvé depuis des mois et des mois.

— Voyez-vous cher ami, (monsieur Homais avait longuement préparé cette formule qui lui paraissait du meilleur effet), je ne suis pas de ces partisans de la vaccination à tout prix, ni de ceux que l'on a — en dépit du bon goût pour la langue française — baptisés « antivax ». Je me situe au-dessus de ces querelles intestines.

— C'est-à-dire ? Pourriez-vous nous préciser cette position ?

— Bien volontiers, monsieur Bouvard. Je pense… hum… que les… hum… pardonnez-moi… les vaccins traditionnels, je veux dire ceux qui nous sont hérités des labeurs de monsieur Pasteur… utilisent tout simplement les forces de la nature et qu'à ce titre, ils ne sont pas dotés, d'une certaine… hum… malignité. En effet, qu'est-ce qu'un vaccin ? (il essaya ici de prendre une envolée de rhéteur rompu à l'art de l'éloquence), sinon l'inoculation d'une dose infime de la maladie en question, afin que le corps humain la reconnaisse et la combatte… hum…

Le journaliste crut que monsieur Homais attendait qu'il complète sa phrase, mais ce dernier avait tout simplement un chat dans la gorge, une petite toux sèche qui ne voulait pas s'en aller.

— Euh, avec ses propres armes ? hasarda le reporter.

— Hum… Non… qu'il la combatte… na-tu-rel-le-ment.

— Je vois. Vous êtes donc un adepte de la vaccination…

— Permettez-moi de vous interrompre cher monsieur Bouvard (ça aussi, il l'avait préparé), ou plutôt de corriger vos propos : je suis un adepte, en effet, de la vaccination traditionnelle, naturelle. Bien que je préfère une infection franche et une immunité spontanément développée plutôt qu'une… hum… injection provoquée de la maladie. En effet, certains individus, prédisposés par leurs gènes à perpétuer la race humaine, ne seront jamais contaminés ; pourquoi irions-nous leur donner de force une pathologie qu'ils n'auraient jamais contractée autrement ? De plus, il y a la question des adjuvants… Hum ! Mais nous entrons là dans un tout autre domaine, et qui n'est peut-être pas le sujet de votre émission aujourd'hui, n'est-ce pas ?

Monsieur Homais avait noté, dans ses recherches sur l'art de la rhétorique, qu'une interro-négative faisait toujours beaucoup d'effet. De plus, cette petite pause lui permit d'étouffer discrètement trois petits toussotements.

— Euh oui, dit le journaliste, profitant de cette interruption dans la logorrhée de monsieur Homais pour recentrer le débat. Vous disiez donc être plutôt pour cette forme de vaccination traditionnelle, avec les réserves que vous évoquiez. Mais se-riez-vous contre la nouvelle forme ?

— Effectivement. Hum… Nous avons donc, d'un côté, une vaccination tradition-nelle, qui fonctionne — avec les défauts que je soulignais tout à l'heure mais pas-sons — et, de l'autre côté, qu'avons-nous depuis quelques temps ?

Monsieur Homais marqua là encore une pause qui attestait d'un atticisme re-cherché dans son éloquence naturelle, at-tendant que l'autre se manifestât. Mais comme le journaliste ne réagissait pas, il continua de lui-même.

— Eh bien, je vais vous le dire : une vaccination tech-no-lo-gi-que, contraire à la nature, un produit issu des entrailles des grands laboratoires pharmaceutiques et qui sont les jouets des apprentis-sorciers de l'acide désoxyribo… hum… nucléique.

— Pour que nos auditeurs comprennent bien de quoi parlons, je précise qu'il s'agit de l'ADN. C'est bien cela, monsieur Homais ?

— C'est cela même, dit-il, profitant de la pause fournie par la réplique du journaliste pour se servir un verre d'eau. Mon Dieu qu'il avait la gorge sèche !

— Si je puis me permettre de reformuler vos propos…

— Permettez-vous, cher ami, permettez-vous (là, monsieur Homais improvisait mais il avait l'impression que cela faisait son effet malgré tout ; de plus, cela lui permettait de prendre une nouvelle gorgée d'eau).

— Vous pensez donc que les vaccins utilisant la technique de l'ARN messager sont contre-nature et donc néfastes à l'organisme humain ?

— Je ne dirai pas qu'ils sont néfastes, non, je ne me permettrai pas d'être aussi péremptoire que certains collègues épidémiologistes — vous savez, ceux qui interviennent à tort et à travers à la télévision... Leur impéritie est, au passage, dangereuse : ils s'avancent sur des terrains qui sont, par nature, mouvants. Ou alors... ils disent ce que d'autres veulent leur faire dire. Mais je reviendrai sur ce sujet plus tard, désolé d'avoir — une fois de plus, je m'en aperçois — ouvert une parenthèse. Pour résumer, je dirais simplement — moi qui ne parle que par ma propre voix — que ces nouveaux vaccins utilisent des propriétés... hum... des forces, au regard desquelles nous ne sommes que des enfants.

— Des enfants, monsieur Homais ?

— Oui... hum... Je vais utiliser un exemple pour que vous compreniez. Laisseriez-vous votre enfant jouer avec une allumette ? Voulez-vous que, hum... dans les aires de jeux pour enfants, il y ait des bonbonnes de gaz ou des hum… hum…

— Je vois, monsieur Homais. Eh bien, c'est l'heure de notre pause publicitaire. Nous nous retrouvons tout de suite après ça.

Monsieur Homais réclama un autre verre d'eau pour s'éclaircir la voix. Le journaliste lui demanda s'il se sentait bien. Parfaitement bien, répondit-il, pourquoi cette question ? Oh, c'était juste parce qu'il avait cru voir quelques gouttes de sueur perler à son front. Ah ça, rétorqua monsieur Homais, c'est parce qu'il trouvait qu'il faisait drôlement chaud dans ce studio. Le journaliste et les techniciens ne trouvaient pas qu'il faisait si chaud que cela mais on lui proposa néanmoins de placer un ventilateur près de lui pour le rafraîchir. il accepta.

Quand la publicité prit fin, monsieur Homais transpirait toujours, mais il fallait poursuivre, il fallait tenir, il en allait de sa réputation, passée et à venir. Il avala deux grains de bigarade et se frictionna l'intérieur des poignets de quelques gouttes d'ylang-ylang afin de l'aider à se détendre.

La seconde partie de l'émission fut consacrée au virus lui-même. Un microbe que monsieur Homais considérait plus inoffensif qu'on voulait bien le croire, laissant entendre que certains « scientifiques » cherchaient un peu à se montrer avec cette pandémie, que c'était leur quart d'heure de gloire, mais que, beau joueur, il leur en faisait grâce : ils étaient humains, après tout.

Quand on aborda les protocoles sanitaires mis en œuvre par le gouvernement, monsieur Homais se fâcha, ou plutôt fit semblant de se fâcher. Les masques ne servaient pas à grand-chose, cela était prouvé par plusieurs séries d'études largement disponibles sur le net, à condition que l'on veuille bien se donner la peine de faire quelques recherches.

De plus, les masques avaient des effets secondaires indésirables particulièrement nocifs : on ne comptait plus le nombre d'enfants ou de personnes fragiles qui présentaient désormais des symptômes graves de sous-oxygénation. Il avait d'ailleurs fait partie des signataires d'une pétition adressée au maire de la commune voisine, afin de dénoncer l'aberration du port du masque par les enfants des écoles primaires ; oui, il avait son fils, le quatrième, Emmanuel, scolarisé dans l'une d'elles. Mais même s'il n'en avait pas eu, il l'aurait signée quand même : il y a des moments dans la vie d'un homme où il faut savoir prendre ses responsabilités. En tout cas, un arrêté devrait être publié sous peu, selon lui, c'était inévitable, c'était même logique d'après son analyse.

Quand le journaliste lui demanda s'il respectait les gestes barrières dans la rue ou dans les transports ou à son travail, monsieur Homais se montra plus prudent. Il dit qu'il ne désirait pas contrarier les pouvoirs publics plus qu'il ne le faisait déjà avec ses publications — simple question de fair-play, mâtinée de la précaution élémentaire, et bien naturelle, de sauvegarder ses intérêts — alors, il s'exécutait, comme tout bon citoyen. Mais, en privé, dans le *locus amoenus* de son domicile, de sa sphère familiale, monsieur Homais ne portait pas de masque, jamais. Et il ajouta, sur l'air du défi, qu'il avait récemment fêté l'anniversaire de sa cadette, Marine, avec sept personnes, et non six comme cela était vivement recommandé. Comment ? Il aurait eu le cœur de priver une petite adolescente de la présence d'une copine ? Laquelle d'ailleurs ? Fallait-il faire une hiérarchie dans nos amis ? Quelle société était-ce donc là

où il fallait faire des listes et classer ses relations ? Et pourquoi pas bientôt sa famille ? Choisir entre son oncle ou sa tante ?
Tant qu'à faire, autant se demander si on
préférait son père ou sa mère ? C'était ridicule, n'est-ce pas ?

Le reporter acquiesça, plus pour couper
court à ce nouveau déchaînement verbal,
ponctué, par-ci par-là, de quelques quintes
de toux. Mais monsieur Homais reprit la
parole au bond : ridicule oui, mais surtout… dangereux. Cette forme d'oppression sur nos comportements privés, expli-
quait-il, c'était la première étape d'un asser-
vissement de masse. Et il se félicitait du
courage dont il avait fait preuve avec cet
acte de rébellion ! Une rébellion passive
certes, mais une rébellion tout de même,
héritage d'un inaltérable devoir de déso-
béissance que chacun d'entre nous portait
à l'intérieur de soi de manière innée. Il

ajouta qu'il trouvait dommage que beaucoup de gens aient peur d'en faire usage, mais qu'il suffisait parfois d'un homme pour montrer le chemin et inciter les autres. Monsieur Homais n'avait pas peur de devenir un exemple, s'il le fallait.

À la seconde pause, monsieur Homais réclama un mouchoir jetable. Ce maudit ventilateur le faisait éternuer à présent. S'il estimait s'en sortir remarquablement bien au niveau du fond, c'était une catastrophe au niveau de la forme : sa voix partait dans les aigus, il toussait de plus en plus, se raclait la gorge à chaque fin de phrase, se mouchait entre deux réponses, et suait à présent à grosses gouttes.

Quand le présentateur — toujours pendant la coupure publicité — lui demanda s'il voulait mettre un terme à l'entretien en raison de son état, monsieur Homais s'emporta : ce n'était qu'une petite fatigue passagère ; c'était d'ailleurs tout le problème de notre société : au moindre courant d'air on prenait du para-acétylaminophénol (du paracétamol, précisa-t-il au journaliste interloqué), au moindre degré au-dessus de trente-sept on se gavait d'acide acétylsalicylique (ça, le journaliste savait qu'il s'agissait de l'aspirine), au moindre coup de cafard on s'intoxiquait d'anxiolytiques en tout genre ; n'a-t-on pas tous, parfois, un peu de fièvre dans le feu de l'action, dans l'effort, dans la vie de tous les jours ; enfin, je vous le demande, cher monsieur Bouvard, un peu de bon sens !

La troisième et dernière partie de l'émission fut consacrée à l'origine de la pandémie, aux patients zéros et aux laboratoires ultra-secrets qui faisaient des recherches sur des virus mutants. Monsieur Homais lâcha alors ses dernières bombes, suggérant qu'avant de gérer une pandémie, il fallait peut-être se poser la question : y avait-il vraiment une pandémie ? Et il ajouta : qu'est-ce qu'une pandémie au fond ? Monsieur Homais entreprit alors de redéfinir toute une série de termes techniques et scientifiques dont infection, épizootie, bactériologique, nanoparticule, inaptocratie. Il soulignait la plupart du temps ses propos d'un « si vous voyez ce que je veux dire… » volontairement ambigu ou d'un mystérieux « mais n'entrons pas sur ce terrain glissant… »

Quand le journaliste demanda à monsieur Homais s'il pensait, comme les experts en ce domaine, que l'épidémie était partie d'un endroit de la planète où l'incapacité de l'homme à y préserver l'habitabilité des espèces endémiques avait conduit à la mutation de ces mêmes espèces, Monsieur Homais contesta farouchement la version officielle de la propagation (il fallait savoir trancher, se positionner, dans la vie, avoir le courage de ses opinions, disait-il).

Le reporter lui demanda sa version et monsieur Homais se répandit alors sur sa théorie, toute simple (la vérité en somme), se demandant en fin de compte, de manière très claire, sans détours, franchement, à qui profitait le crime. Comme l'animateur de l'émission ne semblait pas comprendre où monsieur Homais voulait en venir, ce dernier (après avoir descendu un nouveau verre d'eau), répondit énigmatiquement (comme il l'avait préparé) : « suivez mon regard... »

Le journaliste ne put s'empêcher d'essayer d'éclaircir les choses, en vain. Quand il proposa à monsieur Homais de lui donner « le mot de la fin », monsieur Homais conclut qu'il trouvait plus qu'étrange que ce virus, si cela en était vraiment un, survienne au moment même où des enjeux sociétaux énormes étaient débattus, ou auraient dû l'être ; et il termina sa dernière phrase d'un « Je dis ça, je dis rien… » ponctuant magistralement la péroraison qu'il avait si bien préparée.

Le présentateur reprit enfin la parole, simplement pour dire que la conclusion lui paraissait parfaite et que nous allions passer à présent à l'horoscope.

Quand monsieur Homais rentra chez lui, il se coucha aussitôt. Sa femme voulut faire venir un docteur, il refusa. Quelle malchance, se disait-il : il avait dû rentrer tellement vite chez lui qu'il n'avait pu croiser sa voisine ni prendre le temps de repasser au boulot pour voir ses collègues. Avait-elle pu suivre l'émission, elle ?

Oui, même si la réception était mauvaise. Elle l'avait trouvé formidable, comme toujours, même si elle avait bien entendu qu'il toussait un peu et qu'il respirait difficilement. Monsieur Homais bouda ces remarques désobligeantes, trouvant à son tour tout un tas de reproches à lui faire.

Mais madame Homais le veilla toute la nuit, s'inquiétant de sa toux qui empirait, de ses sinus qui s'enflammaient et de sa respiration qui devenait sifflante. Monsieur Homais insista pour ne rien prendre, à part une décoction de son cru (vingt gouttes d'huile essentielle de cyprès et dix de romarin, bien mélangées dans six millilitres de macadamia) ; puis, il demanda à ce qu'on ne le dérangeât plus, à part son épouse qui pouvait rester à ses côtés cette nuit. Non, il n'irait pas voir un médecin. Tu n'y penses pas ma chérie, de quoi aurais-je l'air ?

Quand la souffrance et la peur de la mort firent sur monsieur Homais le même effet que sur tout être vivant, il réclama le SAMU, pesta contre la lenteur des services de secours, et maudit sa femme de ne pas les avoir prévenus plus tôt. Cette dernière était désespérée, perdue entre les vagissements contradictoires de son mari, son homme, qu'elle respectait tant. Mais elle resta digne, stoïque, et supporta sans broncher, sans récriminer, le poids du protocole sanitaire imposé par l'hôpital pour les cas d'infection les plus graves aux variants de la pandémie.

Quand, quelques jours plus tard, monsieur Homais rendit son dernier souffle sur son lit de réanimation, madame Homais se mit enfin à pleurer, doucement. On lui apporta un verre d'eau parce qu'elle avait soif, et quelques mouchoirs parce qu'elle mouchait beaucoup, et les soignants essayèrent de la consoler ; mais elle pleurait toujours. Mais pas trop fort, tout doucement, car cela lui irritait la gorge.

Hélène T. Darasco

La Vatnaz

1

Ce n'était pas son vrai nom « La Vatnaz ». C'était juste un surnom qu'on lui avait donné à son arrivée à Paris, dans le commerce — un bar-tabac — où elle travaillait les week-ends. L'épaisse gérante qui tenait la caisse, là-bas, lui avait dit une fois dans son patois incompréhensible « T'es une vraie vatz à naze, toi », une « bonne à rien », expression vite métamorphosée en « Vat-naz » et peu à peu répandue parmi les employés. Il faut dire que jouer à la marchande ne l'amusait guère, ni sourire à ces gens qui empestaient la Gitane, commandaient des cafés trop sucrés, qui laissaient les doigts poisseux, se trouvaient renversés parfois sur son tablier maculé de taches. L'ambiance était délétère, on l'avait même accusée une fois d'avoir volé dans la caisse. Heureusement, un habitué, qui s'était un peu amouraché d'elle, et ne se lassait pas de petites privautés à son égard, l'avait défendue. Elle avait évité la plainte de peu, avait dit merci. Il n'avait rien gagné en retour pourtant, n'avait même plus rien essayé après ça. D'ailleurs elle avait rapidement rendu son tablier, n'en avait plus besoin, était partie.

À cette époque, elle venait de débarquer de sa province où elle avait été, pour quelques mois, institutrice contractuelle. Mais s'occuper des enfants des autres, braillards et au nez plein de morve, ne lui avait pas donné envie d'en avoir, à elle. Non, elle, elle aurait une autre vie. Pour cela, il lui faudrait fuir, tout sauf rester ici, dans ce territoire dont elle connaissait trop bien les habitudes, les vices.

Sa famille à elle, vraiment, ne valait pas mieux, ne valait pas la peine qu'on s'y accroche. Une mère, petite bourgeoise, peu affectueuse, toujours pimpante, soumise à son mari, qui tenait la caisse du magasin familial, souriait à tout le monde sauf à ses enfants qu'elle préférait confier à d'autres ; un père, comme tous les autres hommes de la famille, patron de commerce, brutal, obtus, qui ne prêtait attention qu'à ses deux fils, brillants, ses héritiers, n'ayant pas un regard, pas un, pendant toutes ces années pour cette fille, la dernière-née. Elle n'était pas fragile pourtant, la gamine, ni capricieuse, ni frivole. C'était un visage grave toujours enfoui dans les livres, empruntés

à la bibliothèque de l'école où un institu-
teur gauchiste et vaguement hipster lui faisait la classe — un bobo feignant, comme
ils le sont tous, disait son père. Elle lisait en
cachette dans l'entrepôt, assise, à l'abri,
derrière les machines à laver. Ce père, qui
votait pour le plus offrant et négociait
âprement, avait, sans le savoir, engendré
un caractère aussi dur que le sien. Dès le
plus jeune âge, comme elle se savait laide
—— elle le lisait dans les yeux fuyants de
sa mère—, comme elle avait conscience
que son existence était un poids pour sa famille, elle avait su se faire aimer de ses ca-
marades, leur rendant de menus services.
Elle les tenait en son pouvoir par ses in-
trigues et son talent à dénicher les petits se-
crets de chacun, à les conserver, si possible
contre rémunération, ce qui lui rapportait
assez d'argent, pour s'acheter d'autres
livres et nourrir son cerveau affamé. Car
elle rêvait d'aventure, la petite. Non, elle ne
serait pas toute sa vie ignorée, reléguée à la

seconde place, derrière ces garçons qui raflaient tous les honneurs.

Peu à peu ce caractère fébrile et en quête de sens s'était accroché à cette idée : les hommes étaient des tyrans qu'il fallait renverser à tout prix. À partir du moment où elle lut, tout à fait par hasard — elle l'avait trouvé dans une poubelle sur le chemin de l'école — *Le Deuxième Sexe* de Simone de Beauvoir, sa vision des choses n'avait plus jamais été la même, elle s'était sentie comprise, elle savait qu'il y avait d'autres sœurs prêtes, comme elle, à lutter contre l'oppresseur. Les hommes, c'étaient eux les ennemis, les empêcheurs de tourner en rond : les énarques, les compositeurs, les chefs d'orchestre ou d'entreprise, les élus du peuple, les acteurs, les metteurs en scène, les peintres, les marchands de tableaux, les écrivains, ils étaient partout... C'étaient eux qui décidaient, commandaient, dirigeaient le monde, l'ordonnaient à leur manière, depuis leur vision des choses, n'intégrant jamais celle des femmes, leurs génitrices, leurs compagnes. Il fallait que cela cesse. D'ailleurs, pour commencer, elle s'était mise à ne lire plus que des autrices, Amélie Nothomb, Anna Gavalda, qu'on trouvait, pas cher, dans les foires-à-tout. Elle arborait fièrement leurs ouvrages, dont elle laissait le nom dépasser du sac à dos.

Elle avait pris aussi la ferme résolution de ne jamais se marier, de rester seule, fière vestale au service d'une cause noble. C'est au cours d'un de ces remplacements, qu'une collègue lui avait parlé de « sororité ». Ça avait été une seconde révélation : l'entraide, entre femmes de milieux différents, lui paraissait la seule issue au népotisme ambiant.

Elle avait ensuite, péniblement, fait une licence de lettres dans une fac de province aux murs délabrés, travaillant chez Mac Do les soirs, les week-ends, pour payer son inscription et la petite chambre où, seule, elle prenait de longues douches, espérant se défaire de cette tenace odeur de friture qui l'accompagnait partout. Il avait fallu courber la tête, devant les managers, devant les clients encore, capricieux, impatients, voraces de ces nourritures périssables, qui vous restaient sur l'estomac.

Elles étaient nombreuses ainsi à vivoter en attendant le grand soir, la liberté. Son amie Emma, une jolie brune, avec qui elle avait fini par prendre un appartement en colocation, passait son temps libre à se prendre en photo, tête penchée, pour guetter fébrilement et jusqu'à l'angoisse, des signes d'assentiment sur les réseaux-sociaux, postait des vidéos dans lesquelles elle se montrait se faisant des tresses collées, ou s'appliquant sous la douche un shampoing fabriqué par elle-même avec des poudres ayurvédiques. C'était sa manière à elle, de revendiquer le droit de faire de son corps ce qu'elle voulait. Mais Valérie — c'était son prénom à La Vatnaz — n'était pas dupe : elle voyait bien qu'il y avait chez Emma, surtout, le désir ardent de séduire, le rêve désespéré d'épouser un homme de pouvoir, dans la mode si possible, qui lui dessinerait des robes, grâce auxquelles elle deviendrait la nouvelle influenceuse sur Instagram ; son nom resterait dans les mémoires ; leur maison, construite sur une île privée au bout du monde, donnerait sur la mer.

Valérie, elle, ne rêvait plus, savait que la vie ne serait pas tendre avec elle : bon an mal an, ces années de bohème avaient pris fin et elle avait réussi, par des articles écrits presque gratuitement d'abord pour la presse locale, souvent sur des faits divers —des violences conjugales, des crimes passionnels — à se faire connaître des ré-dactions. De fil en aiguille, elle avait fini par à obtenir un poste de correctrice assez bien payé pour une petite feuille locale. Au bout de deux ans, grâce à ses économies, elle était montée à Paris, emmenant Emma avec elle, et, tout en travaillant comme serveuse dans un premier temps, elle avait cherché sans relâche un emploi dans une rédaction parisienne. Ce n'était pas gagné. Elle ne connaissait pas grand-monde, n'avait pas de réseau.

Mais, contre toute attente, le décret sur « l'autorisation de l'écriture inclusive dans la presse », passa. Du jour au lendemain, par souci de cohérence, les rédactions des journaux féministes — *Femme Active* et *Working Girl* en tête — affolées, cherchè-rent en toute hâte des plumes capables de se former rapidement et pour pas cher à cette graphie révolutionnaire, purgeant leurs services des vieux piliers de la révision. C'est dans ce contexte que La Vatnaz fut embauchée. Quelle effervescence c'était ! Quel spectacle réjouissant pour elle ! Les journalistes tremblants couraient en tous sens dans les rédactions survoltées, chaque article devant être relu attentivement afin d'être sûr de correspondre parfaitement à la ligne du magazine.

Il ne lui fallut pas longtemps pour ingurgiter ces nouvelles normes : pour atteindre son rêve — travailler dans la presse, à Paris — elle aurait été prête à tout. Elle se sentait utile, finalement. Elle avait enfin trouvé un emploi en accord avec ses convictions et qui lui permît de vivre.

Bientôt, à corriger toutes ces fautes, à normaliser cette ancienne langue, à la libérer de sa gangue d'exclusion, à féminiser tous ces anciens masculins, elle se sentit investie d'une mission. Parfois au milieu de l'après-midi, abrutie de fatigue, elle levait la tête, quittait des yeux son écran, son bureau encombré de mugs « meilleure amie », s'abîmant, satisfaite, dans la contemplation de ces têtes laborieuses, de tous ces cerveaux en ébullition, au service de la cause, l'unique. Enivrée par le clic-clic, des claviers frappés à toute vitesse, elle frissonnait, prise par une fièvre correctrice, croyait voir, soudain, toutes ces femmes, armées de faucilles tranchant les suffixes en -age en -ment en -teur, semant dans le soleil des -e, des -é par milliers dans un champ de mots, piaillant d'impatience d'être cueillis. Parfois l'un d'eux, étiqueté « intransformable », hissé sur un petit bûcher, s'enflammait en hurlant de douleur, sous les hourras de tous les autres et c'en était fini.

Cependant cette ivresse ne lui suffisait plus. Elle se prit à rêver d'avancement. Un jour qu'une relectrice démissionna, elle proposa de la remplacer. Très vite, s'adaptant à son nouveau poste, elle ne se contenta plus de corriger la langue. Elle se mit à vérifier les informations, quitte à infléchir le sens des articles, à l'insu de tous. Quand un article mentionnait la réussite d'un homme, mettant de côté la présence de celle qui, « dans l'ombre » en était l'artisane invisible, elle faisait en sorte qu'Elle soit citée avant Lui. Sous sa plume, Jeanne-Claude supplantait Christo, et Margarete Stefin Brecht. Bien plus, un jour, retouchant un article sur Robert et Clara Schumann, elle écrivit que c'est lui qui gardait les enfants pour qu'elle puisse composer, après quoi il apposait lâchement son nom au bas des feuilles. L'article fut lu, commenté en direct sur le blog du journal. L'auteur niant avoir écrit ces phrases, elle fut rapidement convoquée, puis félicitée, et même promue « contrôleuse de l'égalité homme-femme ». Il s'agissait de traquer, dans les articles, les passages mettant trop en avant le travail des hommes. Il fallait absolument donner envie aux lectrices de se lancer, confiantes, à la conquête du monde présent, après tant de siècles d'oppression.

Bientôt la résistance s'organisa. Un journal intitulé Superman, ulcéré de tous ces outrages, se mit à défendre à tout crin la virilité. La féminisation des mots était impossible et contre-nature disaient-ils, prenant l'exemple de noms de profession comme « médecin », impossible à changer en « médecine », sous peine de ridicule. Un célèbre avocat, un certain Frédéric Morel, sévissait dans l'équipe, s'enflammait, s'attachait en haut des arbres, des grues, pour défendre le « droit des pères ». Dans ses vidéos vues et likées des milliers de fois, il dénonçait la toute-puissance féminine, argumentait en faveur du droit des hommes à se prononcer pour ou contre l'interruption d'une grossesse qu'ils n'avaient pas désirée. Listant des dizaines de cas où un homme s'était vu contraint à faire un test A.D.N., à reconnaître un enfant, puis à verser une pension alimentaire, alors qu'il ne l'avait pas désiré, il militait pour la signature entre partenaires, avant tout rapport sexuel, d'une renonciation anticipée à la succession, parant ainsi le risque de mensonge de la cosignataire sur une prétendue prise régulière de contraception. Avec ses adeptes, il distribuait même, à la sortie du métro, des universités, des formulaires tout prêts, assortis d'un lot de préservatifs, on n'était jamais trop prudent.

Les femmes, elles, refusaient la responsabilité unique de la contraception, les contraintes de l'épilation, du port du soutien-gorge. Si les hommes exprimaient leur dégoût, elles leur renvoyaient des siècles de misogynie, de patriarcat, de dictature, pire, de pédophilie.

Les relations dans les groupes mixtes, au club de sport ou à l'école de musique, se tendaient ; faire sa cour devenait un parcours semé d'embûches. Les couples mariés ne s'affichaient plus ensemble. Dans la rue, on n'osait plus se regarder. On voyait des compagnies privées proposer des transports non mixtes, des piscines, des salles de sport, ouvrir des créneaux « réservés aux femmes ». Cette effervescence avait tout de celles qui précèdent les déclarations de guerre.

De vieux sages de l'Académie, vieux philosophes, qu'on appelait « *silver brains* », tentaient de calmer le débat, arguaient de l'arbitraire, de la neutralité de la langue qui qualifie hommes comme femmes de « canailles », de « fripouilles » ou de « victimes ». Sous prétexte qu'ils ne s'exprimaient pas sur Tik Tok, on ne les écoutait pas, ou on se moquait d'eux.

La Vatnaz, dont le nom, assumé, était désormais connu dans le petit milieu des rédactions, fut même approchée par des activistes russes, aux couronnes de fleurs, au poing dressé, et aux seins nus qui lui proposèrent de rejoindre leurs rangs. Mais elle avait trop honte de son propre corps, de sa laideur pour oser les suivre, porter des inscriptions au marqueur noir sur son buste maigre. N'empêche que, de ces nouvelles égéries de la République avançant le drapeau à la main, elle avait des posters dans sa chambre.

Les écoféministes aussi sonnèrent à sa porte, espérant faire du journal où elle travaillait un outil de propagande, mais leur passion pour les espaces verts et les yourtes non chauffées lui rappelèrent la province qu'elle exécrait.

Non, ce qu'elle fréquentait c'était un groupe privé sur les réseaux sociaux, sorte de société secrète appelée « Corrige ton Il » qui, interprétant avec brio les signes invisibles aux naïfs, voyait partout du complot anti-femmes chez les dirigeants, les hommes d'affaires, ne cessait d'en ourdir. Elles se sentaient puissantes, là, ces conjurées, à œuvrer pour le bien de tous contre le masculin, contre l'exclusion interne au langage. Elles semaient la terreur chez les journalistes qui, sachant sous quelles fourches caudines passeraient leurs articles, se convertissaient d'eux-mêmes à l'autocensure.

Emma, elle, poursuivait sa quête de célébrité et d'argent facile. Elle avait tout essayé après les tutos sur YouTube : les radios-crochets, la téléréalité. Ses succès modestes restaient complètement inaperçus, noyés dans le flot. Lors d'une sorte de congrès, elle avait fini par rencontrer d'autres youtubeurs : l'un d'eux lui avait tapé dans l'œil, une idylle était née, Emma y avait cru. Elle avait commencé à scénariser les vidéos de son poulain, l'aidant aussi à l'écriture des textes. Suite à cette collaboration intense, et à une vidéo particulièrement virale, une blague avec un chat, il était devenu en quelques semaines la coqueluche de tous les adolescents. Désormais célèbre, il n'avait plus besoin d'elle. Ayant le sentiment d'avoir servi de marchepied, Emma se mit à diffuser des vidéos, sortes de manifeste de plus en plus violents, prônant l'élimination radicale des mâles. Un jour, alors qu'il avait refusé de la citer dans une chanson dont elle était l'auteur, elle débarqua chez lui avec un révolver et tira sur lui. Gravement blessé, il finit à l'hôpital où il fut sauvé de justesse. Après une plainte et une enquête, Emma fut internée. On n'entendit plus parler d'elle et ce fut tout.

Valérie, attristée par ces événements, et plus seule que jamais, se résolut à adopter un animal. Après bien des recherches sur les Nouveaux Animaux de Compagnie, elle se décida pour un animal femelle capable

de se reproduire seule, par parthénogé-
nèse : le python réticulé nain lui parut l'op-
tion la plus raisonnable. À l'aide d'un cercle
de passionnées, qui la mirent en garde
contre la fragilité de l'animal, elle put s'en
procurer une, jeune. Elle installa chez elle
un immense terrarium équipé de lampes à
infra-rouges où la bête, à la peau ornée de
magnifiques losanges bruns et ocre, pût se
lover à loisir. Elle passait des heures à l'observer, les yeux écarquillés, totalement fas-
cinée, quand, Mimi — c'était le nom
qu'elle lui avait donné — se jetait sur les
souris mâles congelées qu'elle lui apportait.
Elle s'absorbait complètement dans la contemplation de cette compagne languide,
qui attendait son heure pour surgir et dé-
vorer l'ennemi. Elle aimait à caresser sa
peau, aux écailles à peine perceptibles, la
sentir se glisser dans son cou, autour de ses
épaules. Elle espérait la voir pondre, seule,
de petits clones d'elle-même.

Un soir, de décembre, alors qu'elle revenait du travail, à l'obscurité inhabituelle de la pièce, elle comprit tout de suite que quelque chose n'allait pas. Des travaux dans le quartier, une coupure d'électricité avaient éteint les lampes chauffantes une bonne partie de la journée. Mimi n'y avait pas survécu. Elle était là, étendue sur le dos, inerte. Anéantie, Valérie se précipita vers elle, enlaça une dernière fois son corps tout froid. Désespérée, elle se jeta sur son téléphone, pour la prendre en photo. Pendant toute la soirée et le lendemain, elle mitrailla. Le corps commençait à suinter déjà, la gueule béante, laissait échapper un liquide verdâtre à l'odeur putride. N'en pouvant plus, elle se créa un compte Instagram où elle partagea immédiatement tous ses clichés, changés en courte vidéo grâce à l'outil Boomerang. Les retours furent cinglants. Grâce à la synchronisation de ses comptes, la vidéo de ce reptile mort en décomposition se trouva diffusée en boucle sur Twitter. Les gens se déchaînèrent, la traitant de tous les noms d'oiseaux. Un débat virulent s'engagea sur l'importation illégale de grands reptiles. Des comptes furent signalés, des followers bloqués. Épuisée, prise de nausée, elle alla enfin se coucher, se disant que peut-être, elle était vraiment une « bonne à rien ». Elle essaya de dormir un peu, y parvint, malgré l'odeur.

Le lendemain matin, elle se leva avec la ferme intention de faire quelque chose de neuf. Elle ouvrit grand les fenêtres, mit Mimi dans un sac, descendit les poubelles, sortit dans la rue. Il faisait frais, il y avait un grand soleil.

Elle eut l'envie soudaine de retourner dans ce bar, où elle avait débuté, de revoir cet habitué, qui avait pris sa défense, lui pinçait les fesses, la plaisantait. C'était ce qu'elle avait eu de meilleur, peut-être. Le soir, après le travail, elle s'y rendit. Là-bas, la patronne l'interpella, lui indiqua où trouver Dussardier, assis toujours à la même table.

Il lui fit un signe de la main, l'invita à s'asseoir, leur commanda des cafés. Il se mit à parler, parler, il était intarissable : il était heureux, avait enfin trouvé sa voie. Devenu comique au sein d'un collectif d'artistes, il écrivait des sketchs, imitait les gens, avait son petit talent, et même une chronique à la radio. Il ne mettait pas de limites à la satire, non, il voulait parler de tout, rire de tout, il n'avait pas peur : les noirs, les arabes, les femmes voilées, les homosexuels, les handicapés, les féministes ! Et s'il se faisait virer, tant pis, il recommencerait ailleurs. Avec les copains, les copines, on se sentait fort. L'humour, c'était donc ça son combat contre la bêtise ambiante.

Consternée, décidément seule, elle régla son café, quitta la salle.

À peine rentrée chez elle, en un clic, elle réserva un billet pour l'Espagne : oui, elle avait changé. Elle irait là-bas où c'était légal, se faire inséminer dans une clinique privée et elle aurait, comme aurait dû le faire Mimi, un enfant toute seule.

Romain Daniel

Un lendemain meilleur

Les badauds accoudés au café La Goutte d'Or qui sirotaient leur consommation tout en prenant connaissance de la vie internationale — *Le Monde*, *Libération* et *Le Figaro* gisaient grands ouverts en pagaille sur le comptoir, les verres à ballon faisaient office de marque-pages — n'auraient pu se douter, bien que Paris soit déjà depuis plusieurs siècles la ville de tous les possibles, qu'ils contempleraient un jour un énergumène tel qu'ils le voyaient débouler à l'angle du boulevard. Le sujet d'observation de ces messieurs n'était autre qu'un homme à l'élégance quelque peu désuète, au chic d'une autre époque : un haut-de-forme comme il ne se faisait plus, un gilet jaune moutarde en velours, doublé d'une vieille redingote à motifs géométriques qui le serrait aux épaules et d'un manteau verdâtre partiellement sale et déchiré, sans oublier des bottes ternies et assouplies par les ans. Mais le plus surprenant était l'attitude adoptée par Pécuchet à l'égard des innombrables automobiles remplissant le boulevard. À chacune des interminables accélérations, ce qui à Paris ne déroutait plus personne, Pécuchet était le seul parmi les passants à longer les murs et à lancer à qui voulait l'entendre des imprécations, levant son chapeau, furieux et effaré. Plus Pécuchet se rapprochait de l'établissement, plus son ahurissement était perceptible ; tout son être laissait percevoir qu'il méconnaissait la ville et la modernité. Il s'agitait dans tous les sens, pareil à une girouette. Était-ce l'année de l'exposition universelle ?

Bien que se sentant épié, il décida de s'installer à la terrasse de La Goutte d'Or, commanda au garçon un café et le reçut presque aussitôt, sans qu'aucune parole ne fût prononcée autour de lui. Puis on replongea dans la lecture des journaux, on reprit le fil des conversations interrompues.

Les voitures se faisaient plus rares. Le boulevard se vidait. On entendait au loin les clameurs d'une manifestation que Pécuchet interpréta comme l'expression d'un défilé militaire : il pensait discerner le cri déchirant du clairon, le tambour au cœur sourd, la mélodie belliqueuse du fifre.

Ni instruments, ni rangs serrés ornementés de képis rouges, ni marche martiale. Il ne vit qu'une troupe de demoiselles et de jeunes hommes, les uns et les autres assortis de chemises dont les manches avaient été décousues aux trois quarts de manière régulière et de longues culottes moulantes d'un bleu azur, délavées et trouées. Nous étions vendredi. Les lycéens, engagés pour leur avenir, pensaient nécessaire d'échapper à un cours de littérature ou de mathématiques pour brandir leur poing à la face du monde. L'avenir se jouait selon toute vraisemblance dans la rue plutôt qu'à l'école.

La houle humaine approchait avec vigueur. Pécuchet apercevait le début du cortège, semblable à bien d'autres : banderoles, pancartes, mégaphones, slogans en tout genre, chantonnés avec voix ou écrits avec rage, des plus sérieux aux plus surprenants : « pas de nature, pas de futur », « je suis là parce que vous ne faites rien », « la planète sèche et nous… on trinque », « les calottes sont cuites » et le dernier qu'il entrevit, et de loin son favori « Phoque le réchauffement climatique ». *Phoque*, c'est ce mot précisément qui lui provoqua un fou rire, puis une crise de toux qui l'obligea à sortir son mouchoir en coton brodé de ses initiales.

Il entendait toute cette jeunesse gronder, rugir, vociférer même ; il ne parvenait que partiellement à saisir au vol des syllabes, des mots très courts : « honte », « boomers », « égoïstes », « consommation », « vendus », « achetés ». Pécuchet réfléchit à ces deux derniers termes sans connaître leur raison d'être, et sourit de leur redondance : en étant vendu, on est forcément acheté ! Il rit de sa boutade et dut une nouvelle fois sortir son mouchoir. Et tandis qu'il percevait les mots échappés du monolithe que formait cette jeunesse, il aperçut de nombreuses tiges métalliques levées vers le ciel, de toutes les couleurs, c'était joli ! au bout desquelles une plaque de métal ou de plastique rectangulaire, pas plus grande qu'une carte de tarot, semblait vissée et à laquelle s'adressait chacun des détenteurs. Il vit défiler une génération dédaignant l'école pour la rue, inquiète de son avenir en vilipendant le passé, accusant de consumérisme ses aïeux en élevant dans les airs cette canne métallique dotée du pouvoir de la parole. Sans doute un cadran solaire moderne !

Sa montre à gousset indiquait déjà 11h50. La manifestation prenait fin, et pour nombre des participants, la faim les gagnait. Pécuchet, de sa place, avait été surpris par un fumé diffus et présent depuis plusieurs minutes, particulièrement puissant et qui se dégageait d'arrière-cuisines d'un établissement tout proche ; mais de sa position, fût-il adepte des exercices de souplesse préconisés par son médecin depuis son passage symbolique de la cinquantaine, il ne parvenait pas à distinguer l'enseigne en question. Il décida de partir à la recherche de cette émanation. Il paya son café doublé d'un pourboire et se mit en route, songeur.

À quelques pas du résultat de sa quête, déambulant d'un pas lent, s'imprégnant de l'atmosphère de la rue encore électrique de l'effervescence de la matinée, Pécuchet méditait aux événements récents et constata avec un honnête étonnement que Paris n'était plus Paris. Le nez continuellement levé, il ne pouvait s'empêcher d'être saisi par l'architecture nouvelle des artères de la ville, mais c'était bien le comportement des promeneurs qui l'interpellait davantage. Quand il voulut demander un renseignement à un passant, se découvrant de son haut-de-forme et adressant son plus beau sourire relevé d'une fine moustache, Pécuchet ne fut récompensé que d'un regard effrayé, d'une répulsion qui se traduisit par une accélération du pas et d'un « vas-y, je viens de me faire agresser par un clown ! », comme si, en touchant simultanément le candide cordon qu'il avait autour du visage, l'inconnu s'adressait à lui-même.

Alors lui revint à l'esprit l'image de cette tige particulièrement saugrenue et il se demanda depuis combien de temps les mœurs qu'il avait connues avaient cédé la place à celles auxquelles il se heurtait aujourd'hui. Il n'était pourtant demeuré que quelques mois en dehors de la capitale !

Mais ses propres gargouillis l'interrompirent dans son étude, car lui aussi était progressivement envahi par la faim : la fragrance qu'il poursuivait s'intensifiait, pesante, lourde, épaisse. Pas désagréable mais imposante, comme si l'odeur elle-même vous choisissait. Mû par tant de réflexions sincères, il termina son enquête face à une enseigne qui le laissa stupide car c'était la première fois qu'il rencontrait au cœur même de Paris une brasserie arborant un nom écossais, un nom d'*highlander* ; pour un parisien, un nom ennemi ! Le nom s'étalait sur toute la longueur de la devanture en lettres capitales jaune poussin minutieusement espacées les unes des autres, sur un massif fond vert forêt d'une surprenante application monochromatique. Hypnotisé qu'il était par la puissance des contrastes savamment conçus par les ingénieurs de cette gargote, Pécuchet en avait presque oublié la raison de sa présence ici. Les exhalaisons qui s'échappaient du bâtiment le lui rappelèrent : l'odeur qui l'avait si bien envoûté jusqu'à maintenant était celle de l'huile, non pas de l'huile à l'état naturel, à l'état d'extraction qui enivre les récoltants quand, absorbés par leur tâche, l'effluve de la libération les ensorcèle. Non, ce n'était pas l'imprégnation de cette rencontre, car le parfum qui avait attiré Pécuchet vers ce temple s'était d'abord lové contre lui, s'était infiltré dans chacune des pores de sa peau et intégrait l'intimité de son être jusqu'aux parcelles les plus abyssales et s'y installait, ravi d'avoir découvert une nouvelle demeure où séjourner. La senteur, c'était celle de la fétidité savoureuse de l'huile de friture crasse, grasse, grossière, celle qui reste sur les lèvres comme le baiser d'une jeune vierge timorée, celle qui, tout en étant particulièrement âcre, voire rance, séduit insidieusement en se couvrant d'un charme inopiné.

Le battement des portes de l'établissement offrait à Pécuchet le spectacle olfactif de la déclinaison des plaisirs, invitant une narine puis l'autre, diffusant par vagues plus ou moins régulières le trésor envieusement retenu en son sein. Malgré l'enseigne d'un très mauvais goût, la tentation le gagnait. Et puis, il y avait déjà du monde installé, c'était bon signe !

Il prit place.

Pécuchet tendit l'oreille vers la table située derrière lui. Il n'avait pu observer qui s'y trouvait et n'en avait eu cure jusqu'à présent, absorbé qu'il était par la magnificence de l'association chromatique du jaune et du vert du panonceau. Mais les individus échangeaient à propos de la récente manifestation, cette immense vague qui avait submergé la ville. Pécuchet pivota de trois quarts sur lui-même et, adoptant un air détaché en observant la place, lorgna du coin de l'œil la table en question et reconnut les jeunes lycéens, ceux du début de cortège qui menaient le peuple en terre promise, convaincus et revanchards, ceux qui le visage fermé, les yeux sombres et la tête haute, avaient brandi fièrement pancartes et slogans pour un avenir radieux.

Un serveur se présenta devant Pécuchet, quelque peu décontenancé de voir un homme de son âge assis en ce lieu et accoutré d'un déguisement si étrange. Probablement le nouveau style des *hipsters*, la mode changeait tellement vite aujourd'hui !

Il lui fit la liste de tout ce que proposait la maison : il récitait la carte de manière nonchalante mais sans aucune fausse note, quelque peu aidé par sa tablette. La cantate gastronomique terminée, Pécuchet resta muet puis lui désigna du doigt la table voisine en articulant ces quelques syllabes : « J'aimerais la même chose que ces jeunes gens ». La table citée étouffait sous des monticules de plats aussi divers que pouvait le proposer la restauration de ce lieu : venait en premier une demi-douzaine de cornets d'un rouge uni très vif, remplis à ras de pommes de terre au teint pâle, le jaune beurre succédant au jaune albâtre, découpées en fines lamelles parfaitement rectilignes, molles et fines, serrées les unes contre les autres, tel un régiment d'infanterie avant un énième assaut ; des boîtes en carton de différentes tailles émergeaient ensuite de ce premier étage protégeant des pains de forme circulaire, coupés en deux par le milieu, et à l'intérieur desquels un conglomérat de matières et de couleurs explosait, débordait, dégoulinait, laissant percevoir un trésor gustatif d'une rare singularité ; enfin, semblables aux tourelles d'une forteresse imprenable, de grands gobelets cartonnés jalonnaient l'étal, agrémentés d'une paille aux multiples couleurs par laquelle s'échappait un pétillement discret, suspendus puis replacés à l'envi selon le taux de salinité contenu dans chaque bouchée ingérée. Un véritable banquet.

— Qu'il est bon ce triple cheeseburger bacon en version limitée avec sa sauce samouraï qui déchire. J'ai bien fait d'en prendre deux. Je m'en empiffrerais toutes les semaines !

— C'est pas déjà ce que tu fais ?

— Tiens, regardez ! cinq cent mille vues pour ma vidéo de ce matin ! Putain, je vais finir par être célèbre !

— Et toi, Paul, tu ne dois pas partir au Costa Rica ?

— Connard. Je suis pas à commander sur Delivr'marou tous les week-ends pour faire plaisir à ma meuf, moi.

— Ça va, ta gueule.

Il empoigna ce qu'il trouva sous sa main, quelques frites mutilées et qui agonisaient lentement. Il manqua sa cible : les munitions s'éparpillèrent sur le sol, quelques mètres plus loin. Des pigeons se jetèrent dessus en battant violemment des ailes.

— Au moins, je crée de l'emploi.

— Si, la première semaine des vacances scolaires. Vingt-et-une heures de vol, de nombreuses escales mais le paradis à la clef : Uvita de Osa, hôtel cinq étoiles avec vue sur la mer, piscine à débordement, centre de soins, restaurant gastronomique, et tout le package, évidemment. Tiens, tu n'as qu'à regarder sur Internet, tu vas fondre en voyant les photos. Les gauchos viennent même nous chercher directement à l'hôtel pour une sortie à cheval ! Que demande le peuple ?

— Veinard !

— Je peux piquer dans ton Coca ?

— Crève. C'est le mien.

— Le fleuve Amazone ne passe pas au Costa Rica ?

— N'importe quoi ! Amazon, c'est une entreprise américaine.

L'un des jeunes, vexé de ne pas être au centre de l'attention de tout son public, jeta sur une de ses amis, une fois formés en boule compacte, les ramassis de serviettes en papier abandonnées sur la table, souillées sans discontinu par une armée de doigts qui n'en finissaient pas d'être gras.

Le projectile vint heurter la tempe de la victime, y déposa une légère marque adipeuse, rebondit sur la table au niveau de sa poitrine et, sans que l'on ne s'en préoccupât, acheva sa course au bord de la table, chutant aux pieds de celle-ci. Tous les yeux étaient braqués sur l'accusée avec appréhension.

— Pourquoi tu m'embrouilles l'esprit, là ? Je t'écoute ! Excuse-moi d'avoir des followers qui apprécient mon travail ! Ils ont tous liké les vidéos de ce matin, et n'arrêtent pas de mettre des commentaires. Il faut bien que je like à mon tour.

Et comme si le monde autour d'elle avait disparu, elle se repositionna, fixa intensément son portable et propulsa subitement ses lèvres en avant, adoptant une petite moue à la fois délicate et grossière.

— Tiens, c'est pas ton père qui vient de passer, là ?

— Si, c'est mon daron.

— Il a changé de voiture ? le 4x4 Dacia Duster est tombé en rade ?

— Non, il voulait juste changer : la mode, c'est le SUV. Donc il a acheté un SUV. La base, quoi. Moi je l'adore cette bagnole. Le must, c'est les sièges chauffants qui font aussi massages. J'aime pas mon daron, mais je monte dans sa bagnole rien que pour ça.

— N'empêche, quel bordel on a foutu ce matin, à la manif' ! C'était bon ! Et en plus, on sèche les cours. L'autre connasse de Pavote avec ses cours de merde a dû tirer une tronche en voyant sa classe vide. Elle a pété un scandale, c'est certain.

Ils prirent une photo pour immortaliser l'événement. Tous souriaient, entourés des cadavres de leur festin, des sandwichs amputés jusqu'à la moelle, des cornets désarticulés qui rendaient gorge, et des timbales déversant ce qu'il leur restait de boisson, dessinant de petites flaques sur la table. Chacun était pleinement satisfait d'avoir participé à un mouvement mondial, d'avoir été là *où il faut, quand il faut, avec qui il faut*, mouvement relayé sur tous les réseaux sociaux, et qui, surtout, était destiné à sauver la planète d'une génération consumériste et pollueuse. Ils étaient la génération qui prenait *les choses en main*.

— climat#forabetterlife#sauvonslaplanète#onlâcherien. Ce post va me propulser dans le top 10 des personnes à suivre, c'est sûr !

Ils s'en allèrent.

Après avoir longuement observé cette jeunesse retourner à ses engagements, et pendant que le serveur, débarrassant la table voisine, pestait qu'il était inadmissible d'agir ainsi, que le minimum était de mettre ses propres déchets à la poubelle, voyons !

Pécuchet dégusta le premier *chïisbeurgueur*
de sa vie.

Philippe Rolland

Cent idées pour un avenir

Peu après le décès de son père, Caroline Lasage avait demandé sa mise en disponibilité à la Direction Mobilité et Infrastructures de la région Normandie pour se consacrer au redressement de l'entreprise familiale. Une tâche ardue. Les piliers historiques de l'imprimerie Lasage s'effondraient tour à tour : les cartes postales ne rapportaient plus autant qu'autrefois, les commandes de prospectus publicitaires diminuaient chaque année et le commerce des cartes routières n'avait pas survécu à l'arrivée des GPS. Seules quelques activités, comme l'impression d'ouvrages édités à compte d'auteur, avaient permis d'éviter de justesse le dépôt de bilan.

Rapidement, le président du club local des entrepreneurs, *Business for Normandy*, avait proposé son aide. Habituellement le midi, il venait garer son coupé sport sur le parking désert de l'atelier et s'installait pour manger sa salade sur le canapé de l'espace réservé à la clientèle, tout en tapotant de ses doigts gras sa tablette numérique.

Celui qui se définissait comme un porteur d'innovation voulait qu'on l'appelle simplement Xavier, tutoyait tout le monde mais affichait son patronyme dans le nom de sa micro-société, *Homais consulting*. Il annonçait fièrement que son vidéo blog comptait plus de huit cents abonnés et ses conférences sur le management perpendiculaire, le micro-jardinage, ou encore la digitalisation heureuse avaient été vues plus de dix mille fois et avaient suscité presque autant de commentaires. Dans le canton, il avait la réputation d'être un bon époux et un bon père pour ses trois enfants. Parfois cependant il fumait un joint et buvait des cocktails aux noms exotiques dans les cafés du littoral, il se sentait ainsi un peu artiste et anticonformiste.

Dès qu'elle avait repris les rênes de l'entreprise, Caroline avait eu l'idée de se lancer dans l'édition et l'impression de romans policiers régionaux. Avec son mari, ils en achetaient chaque été pendant leurs vacances en Bretagne et il leur semblait que ce marché était en pleine expansion. Elle hésitait cependant. Il fallait trouver des auteurs, investir dans de nouvelles machines, démarcher des libraires qu'elle ne connaissait pas.

Xavier ne supportait pas ce manque de courage. Chaque fois que Caroline lui faisait part de ses doutes, il s'emportait et citait indifféremment Mark Zuckerbeg, « dans un monde qui évolue très rapidement, la seule stratégie qui échoue est de ne pas prendre de risques » ou Épictète, « tout est changement, non pour ne plus être, mais pour devenir ce qui n'est pas encore. »

« Y-a-t-il de plus grand saut dans l'inconnu que de naître ? ajoutait-il. Et pourtant nous sommes tous passés par là. C'est donc que par nature, nous sommes tous capables de prendre des risques immenses ! Ne perds pas ton temps à te chercher de mauvaises excuses pour ne rien faire. Fonce ! C'est l'unique façon de gagner !

« Sais-tu qu'en langue chinoise, il n'y a qu'un seul mot pour désigner crise et opportunité. Les difficultés que tu traverses, c'est une chance, le signe qu'un renouveau s'annonce. Je sais bien que notre époque et notre éducation, surtout dans notre pays, n'encouragent pas à prendre des risques, mais je te demande de réfléchir à ce que tu es, à ce qui a de l'importance pour ton épanouissement personnel. »

Poussée par ce discours, Caroline avait fini par lancer cette activité nouvelle. Il avait suffi d'une annonce dans la presse locale pour recevoir des dizaines de manuscrits. La secrétaire de direction, une grande amatrice de polars, s'était portée volontaire pour les sélectionner. Il fallait avant tout que les lieux décrits soient facilement identifiables par les touristes et les habitants de la région. Pour le reste, on attendait un meurtre, une enquête avec au moins une fausse piste et une fin qui dévoilait un coupable inattendu. Rien de plus.

Bien sûr, Xavier avait apporté sa contribution, qu'il jugeait déterminante. Pendant des heures, le nez sur sa tablette, il avait étudié le processus décisionnel lors de l'achat d'un roman. Une étude montrait

que pour soixante-cinq pour cent des consommateurs venus sans intentionnalité et
sans prescription, le temps consacré à
l'examen d'un livre dans une grande surface généraliste était de seulement sept secondes. Ainsi, il convenait de s'attacher
aux éléments du péritexte qu'on pouvait
appréhender dans un temps aussi court,
comme la photo de couverture et bien sûr,
le titre. Le titre devait sonner comme un
bon titre de polar, nommer une ville normande et comporter un trait d'humour qui
avait pour but d'apporter une identité reconnaissable à la collection.

Avaient ainsi paru, *Trou noir à Trouville,
Grand barnum à Barneville, Pour cent briques à
Bricqueville, Voitures folles à Bagnoles de l'Orne,
Un siège à Canapville, Des indiens à Siouville,
On flingue à Honfleur, Trépas à Étretat, Ça tire
à Sartilly.* Pour les illustrations, il avait suffi
de se servir des photos des cartes postales
les plus populaires.

Les auteurs, trop heureux d'accéder enfin au statut d'écrivain, assuraient gratuitement la promotion de ces romans. Au milieu des rayons culture des grandes surfaces, devant les tabac-presse, sur les marchés, ils installaient chaque week-end leur table de camping pour dédicacer leurs œuvres et s'ils devaient parfois se montrer patients devant ceux qui les regardaient comme des animaux étranges, ils finissaient presque toujours par écouler leur pile de livres.

Au bout d'un an seulement, les bénéfices dégagés par la collection *Mystères en terres normandes* avaient permis de verser une prime exceptionnelle aux salariées.

*

Xavier ne comptait pas s'arrêter là. Fidèle à la réputation qu'il s'était faite, il réfléchissait déjà à de nouveaux projets. À ses frais, il loua l'arrière-salle du restaurant La Teurgoule qui abritait d'ordinaire les banquets de noces, pour organiser une keynote. Le jour venu, habillé d'un jean et d'un pull noir à la Steve Jobs, il se présenta sur l'estrade réservée aux musiciens de bal.

« Je vous ai réunis pour donner un futur à votre entreprise. Car c'est bien de votre entreprise qu'il s'agit. C'est vous les conductrices et conducteurs de presse, c'est vous à l'assemblage, vous les secrétaires, vous les manutentionnaires, vous les commerciaux, qui construisez l'imprimerie Lasage jour après jour, et sans vous elle ne serait rien.

« Déjà, avec la collection Mystères en terre normande, vous avez prouvé votre détermination, votre capacité d'adaptation. Mais, vous en avez conscience, c'est un succès encore bien fragile. Oui les ventes dans les supermarchés sont honorables mais sur les sites Internet de nos revendeurs, ça ne fonctionne pas. Pourtant c'est indispensable de performer sur ces plateformes si nous voulons nous étendre au-delà des frontières de notre région. Aujourd'hui, sans digitalisation, sans globalisation, il n'y a aucun avenir. J'ai analysé les data. Le nombre de clics sur les ouvrages de notre collection est dérisoire. Peanuts ! Et lorsque qu'un client consulte la présentation d'un de nos romans policiers, il le place rarement dans son panier ; et lorsqu'il le place dans son panier, il procrastine et finit très rarement par valider sa commande.

« Nous ne pouvons pas nous satisfaire de cette situation, nous sommes comme l'enfant qui aurait donné ses premiers coups de pédales, nous pouvons cesser de pédaler, nous contenter de nos premiers progrès, et tomber… ou bien aller vers des horizons jusque-là inaccessibles. Et c'est ce que je vous propose aujourd'hui »

Xavier leva la tête pour observer un instant son auditoire. Au premier rang, on trouvait Caroline, à ses côtés, Françoise, la comptable, et quelques investisseurs locaux, tous membres de *Business for Normandy*. Puis, après quelques rangs déserts, au fond de la salle, les vingt-huit salariés de l'imprimerie attendaient les bras croisés avec le même enthousiasme que s'ils s'étaient trouvés dans la salle d'attente du docteur Beauvoir, le médecin de la ville.

« Nous allons opérer un pivot et fonder une start-up. Je sais bien ce que vous pensez, une start-up c'est une PME qui débute et nous, nous avons soixante ans d'existence. En fait, ça n'a rien à voir. Il n'est pas question d'âge, il n'est pas question de taille, il est question de stratégie, il est question d'état d'esprit, il est question d'âme.

Une PME c'est reproduire à petite échelle un modèle existant et dans un monde où la concurrence vient de partout, où des multinationales sont à l'affût sur tous les continents, c'est voué à l'échec. Se mettre en mode start-up c'est bouger les codes, changer la vie, inventer une nouvelle façon de concevoir l'avenir. Se mettre en mode start-up, c'est conquérir des territoires inexplorés. Une start-up c'est Attila, Jules César, Gutenberg, Galilée, ou encore Elon Musk. »

Xavier remarqua qu'Emmanuel au fond de la salle baillait ostensiblement et levait les yeux au ciel, entraînant ses voisins avec lui. C'était le plus ancien des employés de l'entreprise et il ne manquait jamais une occasion de rappeler qu'il avait bien connu le grand-père de Caroline, Robert Lasage, un patron intransigeant mais juste, parti de rien et connaissant le métier comme personne ; le contraire d'un consultant externe.

« Elon Musk justement, continua Xavier imperturbable, parlons-en. Je ne vous ferai pas l'affront de présenter Tesla, les voitures électriques, Space X, les engins spatiaux, Hyperloop, le train du futur, Neuralink, qui devrait abolir la frontière entre intelligence artificielle et intelligence humaine. Sans compter le développement de la captation de carbone qui nous évitera par la technologie une catastrophe climatique et fera de l'Anthropocène, non pas une ère de déclin comme le prédisent les prophètes de malheur, mais l'avènement d'une longue période de prospérité. Tout cela est en effet remarquable, l'œuvre d'un grand visionnaire, mais son projet qui nous intéresse ce jour s'appelle openAI et grâce à lui, nous allons transformer l'industrie du livre, bouleverser l'univers de l'édition. »

Xavier s'arrêta, il s'attendait à des applaudissements, ou au moins quelques hochements de tête approbateurs au premier rang, mais même Caroline restait impassible.

« Il se trouve qu'openAI a développé un générateur de texte aux capacités extraordinaires, GPT-3. À partir du nom d'un auteur imaginaire et d'une proposition de titre, ce logiciel a déjà produit des histoires d'une qualité tout à fait acceptable pour la majorité des lecteurs.

Aujourd'hui nous sommes capables d'imprimer des livres à la demande. Nous irons bien plus loin. Avec openAI, nous les ferons écrire à la demande. Examinons maintenant le cas d'utilisation. Un client se connecte sur le site d'un de nos revendeurs. Le moteur de recherche le guidera probablement vers un des milliers de titres virtuels que nous aurons ajouté sans effort à notre catalogue. Notre programme, extrêmement sophistiqué, utilisera le profil de l'utilisateur pour produire et afficher en quelques dixièmes de seconde un résumé et une couverture qui seront parfaitement adaptés à ses envies. L'acte d'achat devient inévitable. Le client commande, le logiciel rédige le texte qui est immédiatement imprimé et expédié à son destinataire par livraison express. Pas d'auteurs à payer, pas d'investissements pour imprimer des livres qui ne seront peut-être jamais achetés, pas de stock dormant. Une commande, un livre, un bénéfice. C'est un pitch imparable. Faites-moi confiance, nous allons écraser la concurrence et sans doute deviendrons-nous une licorne, c'est-à-dire que l'imprimerie Lasage vaudra bientôt plus d'un milliard de dollars. »

Caroline leva la main, comme à l'école.

« Comment une intelligence artificielle, demanda-t-elle, aussi perfectionnée soit-elle, pourrait écrire un roman à partir d'un titre ? Il faut encore un sujet, une bonne histoire, un style. Moi qui ai consacré une vie entière à écrire un texte qui a été refusé par tous les éditeurs de France, je sais de quoi je parle.

— On peut trouver dans un titre le reflet condensé de l'œuvre, répondit Xavier. *Madame Bovary* : quand Flaubert eut accouché de ces deux mots, la suite lui vint d'un seul trait et il aurait presque pu économiser cet effort car il n'est nul besoin de lire le roman pour crier au chef-d'œuvre. *Le voyage au bout de la nuit* met déjà en lumière le génie de Céline. *Les raisins de la colère* annoncent inévitablement les fruits de la notoriété. *Moby Dick* ne pouvait qu'entraîner Melville vers un océan de succès. Croyez-moi, un titre contient une œuvre aussi sûrement que l'ADN de n'importe quelle cellule humaine contient le plan détaillé d'un individu. Nous trouverons de bons titres, le logiciel fera le reste. Et encore plus fort, en utilisant les dernières avancées du *deep learning*, l'intelligence artificielle va elle-même générer pour nous les titres qui séduiront notre clientèle cible. Nous n'aurons plus rien à faire.

— Et qui donc achèterait les romans d'inconnus ? renchérit un des investisseurs.

— Là encore, il y a bien des noms qui font grand écrivain. Imagine-t-on Stendhal charcutier ? L'algorithme en s'inspirant des noms d'auteurs célèbres, saura en trouver de plus prestigieux encore.

— Et combien est-ce que ça coutera ? demanda la comptable.

— L'exploitation de GPT-3 est payante, c'est vrai. Mais un ami a développé une version tout aussi performante, GEPETO, en s'inspirant du code libre de droit mis à disposition par openAI. J'en ai vérifié moi-même la conception. Cet ami demande juste une modeste participation aux bénéfices. Bien sûr, il faudra acquérir un serveur informatique récent, mais on en trouve à des prix raisonnables »

C'est dans doute ces derniers arguments, peut-être les plus censés de toute cette démonstration, qui finirent par convaincre Caroline de se lancer dans l'aventure.

*

Quelques semaines plus tard, un lundi matin, Caroline demanda à Xavier de la rejoindre à l'imprimerie. Sans doute, pensait-il, pour le féliciter de sa dernière vidéo qui avait été partagée plus de dix mille fois sur les réseaux sociaux. Il y prédisait que le premier livre commercialisé par son invention, *Les surnoms intimes de l'adversaire*, un court roman d'une dénommée Leanie

Notretombre, resterait dans l'histoire comme un événement comparable aux premiers pas de l'homme sur la Lune. Même si l'ouvrage avait ensuite reçu un avis mitigé de son acquéreur et si celui-ci ne passa pas d'autres commandes, ce n'était que le début d'une longue série et la promesse d'un succès colossal.

Xavier mit un peu de temps à réaliser que Caroline, loin de partager son enthousiasme, avait le visage fermé. Françoise et l'avocat de l'entreprise, Maître Delarue, se tenaient derrière elle et semblaient tout aussi préoccupés.

« Nous venons de recevoir des plaintes pour plagiat et même diffamation, expliqua l'avocat. Curieux de notre nouveau procédé, qui grâce à vous, fait tant parler de lui, des maisons d'édition reconnues ont commandé quelques-uns de nos ouvrages et ce qu'ils ont lu ne leur a pas plu du tout.

Ils n'hésiteront pas à nous assigner en justice. *Ocytocine*, de Mikaela Wellbeck a suscité les réactions les plus virulentes. »

Xavier s'assit sur un des fauteuils en simili cuir, ses joues grêlées par une acné persistante devinrent pâles. Bien sûr, il aurait dû s'y attendre, le logiciel GEPETO apprenait en absorbant des milliers de pages disponibles sur la Toile et il avait involontairement trouvé une partie de son inspiration dans les textes de ses prédécesseurs humains.

« Et que devons-nous faire ? » demanda Xavier.

Il connaissait la réponse. Il n'y avait rien à faire. Il fallait s'excuser auprès des auteurs, les indemniser et arrêter immédiatement le projet.

*

À la suite de cette aventure et des frais qu'elle avait entraînés, l'imprimerie Lasage connut de nouvelles difficultés. Caroline reprit son poste d'architecte en gouvernance à la Direction Mobilité et Infrastructures de la région Normandie et céda son entreprise à un groupe financier américain qui licencia aussitôt la moitié du personnel. Sans qu'on puisse établir un lien direct, Emmanuel, devenu demandeur d'emploi senior, se suicida.

Xavier, lui, ne se découragea pas, bien au contraire. Il citait à l'envie le philosophe Charles Pépin « échouer c'est se donner une chance de se remettre en question » ou encore rappelait cet ancien proverbe grec, « *pathemata mathemata*, ce qui a été souffert a été appris ». Il se réjouissait de pouvoir rebondir et donner encore libre cours à son immense talent d'acteur de la révolution digitale.

Ainsi, il continua à poster des vidéos sur Internet sans s'apercevoir que si elles étaient autant visionnées et commentées, c'était surtout parce qu'on moquait son arrogance, ses idées naïves et ses raccords approximatifs. Il conseilla d'autres entreprises et le conseil régional le choisit pour conduire une commission interprofessionnelle sur l'innovation. Il obtint aussi la présidence de plusieurs associations et cercles d'entrepreneurs.

Parfois, avec un peu de nostalgie, il lisait des passages de *Cent idées pour un avenir*, un texte produit sur son ordinateur par GE-PETO lors des phases d'essai. Il était si brillant qu'il ne l'aurait pas renié s'il l'avait lui-même écrit. En particulier, un paragraphe lui rappelait confusément quelques anciennes lectures et le ravissait :

« Époque (la nôtre) : tonner contre elle. Se plaindre de ce qu'elle est trop timorée. L'appeler époque de transition. La qualifier d'Anthropocène. Dire enfin que si elle ne nous tue pas, elle nous rendra plus forts. »

Thierry Harzallah

L'âme bleue

D'aussi loin que je me souvienne, la nature avait toujours été un refuge pour soigner mes plaies intérieures. Elle pansait mes bleus à l'âme.

Chaque fois que dans ma vie, je traversais des épreuves difficiles, je me rendais en pleine nature, comme on va voir un vieil ami, pour lui confier mes maux. Mère nature m'avait toujours accueilli avec bienveillance.

Le choix de l'endroit était crucial. Il ne pouvait s'agir que d'un point haut. Savoir s'élever pour relativiser. Vue d'en haut, ma peine semblait rapetisser à l'instar de la taille des petits hommes que j'apercevais parfois en contre-bas. La ligne d'horizon m'apaisait. Les courbes douces et généreuses du relief offraient à mon esprit un divertissement salvateur. J'aimais me pencher aux balcons du monde.

Il est curieux de constater qu'en présence de la beauté, le chagrin s'estompe, comme s'il avait honte.

Tant que je pourrais encore m'émerveiller de la beauté d'un arbre torturé par le vent, d'une fleur, d'un paysage, d'un rai transperçant une poussière, il y aurait de l'espoir.

Je suis un homme de peu de mots. Solitaire, contemplatif, je voue une indéfectible gratitude au silence. Les mots, je les préfère, couchés sur le papier qu'érigés en babillage.

Dans les grands espaces, je retrouve le goût de la vie, la sincérité, la simplicité, l'intensité : tout ce qui me fait défaut à la ville. Fâché avec le genre humain, je privilégie le dialogue avec les oiseaux, les arbres, le rocher, le vent ou la pluie. Je trouve leurs discours plus cohérents, moins prétentieux et surtout plus poétiques que celui des hommes.

Je me tiens le plus souvent à distance de mes congénères qui semblent s'accommoder, bien mieux que moi, de l'obliquité malsaine que prend la société moderne.

Le monde était devenu fou !

Deux éléments m'avaient amené à cette conclusion. Deux détails anodins au vu des nombreux événements qui s'écoulaient goutte à goutte par la perfusion radiophonique du matin et qui auraient amené à pareil constat. Ces « infos » du monde qui diffusaient leur venin au rythme des catastrophes et des horreurs, qui semblaient exalter les journalistes et dont l'effet immédiat était une invitation au suicide collectif.

Non, ce n'était pas ce poison quotidien qui m'avait amené à cette conclusion, mais deux infimes détails.

Le premier, survint lorsque je voulu renouveler mon passeport. On me dit alors, que ma photo n'était pas conforme. J'en fus fort étonné, et j'eus l'outrecuidance de demander pourquoi ? On me rétorqua qu'il était désormais interdit de sourire sur les photos destinées aux pièces d'identité. J'avais d'abord éclaté de rire, croyant à un canular puis devant la mine renfrognée de mon interlocuteur, je compris qu'il ne plaisantait pas.

Le sourire était désormais interdit : élevé au rang d'armes de destruction massive !

Le deuxième, je l'avais découvert dans le rayon shampoing et gel douche de la petite épicerie du coin. J'avais été estomaqué de voir parmi la gamme de parfums proposés, qu'on trouvait un gel douche au parfum « tarte tatin » !

Une société qui encourageait à faire la gueule et qui enjoignait à se savonner aux pommes pochées caramel ne pouvait être qu'une société malade en proie au déclin !

Il faut dire que depuis l'avènement de la télé-réalité (qui n'avait de réel que le nom), l'abrutissement des peuples était en bonne voie. On donnait la parole à des gens qui n'avaient rien à dire et dont le QI était inversement proportionnel à leur notoriété grandissante. Les intellectuels, dans l'ombre, rongeaient leur frein. La réflexion semblait avoir disparu au profit d'une logorrhée inconsistante et sans intérêt.

On était élevé à la « trash télé » dès le biberon à raison de 4 à 5 heures par jour pendant vingt ans ou plus. Un conditionnement digne du roman d'Huxley contre lequel les livres de philosophie ne pouvaient pas lutter.

L'actualité people était devenue l'opium du peuple : les jeux du cirque. On avait perdu tout sens des priorités.

La sensibilité semblait avoir disparu au profit de la sensiblerie. On s'émouvait du divorce de telle ou telle vedette, mais on restait indifférent aux génocides perpétués aux portes de l'Europe.

Qu'une « star » vienne à se casser un ongle et c'était un drame planétaire. La banquise n'était plus que peau de chagrin, l'exode massif des populations fuyant la guerre, laissait les villes exsangues, des milliers d'espèces animales disparaissaient chaque année, des écosystèmes entiers étaient menacés, mais la question que tout le monde se posait, c'était : « Combien a coûté la bague de fiançailles de Beyoncé. »

Paradoxalement, on nous enjoignait à être heureux. Le commerce du bien-être ne s'était jamais aussi bien porté. Les gourous du développement personnel faisaient leur beurre en martelant tous le même discours. « J'ai décidé d'être heureux » ou encore « le bonheur ne dépend que de vous », « le bonheur ça s'apprend » : autant de formules clinquantes qui me médusaient. Ces charlatans, étaient-ils stupides au point de croire en leurs balivernes !

Comment pouvait-on être heureux dans une société en putréfaction ? Pouvait-on avoir de l'appétit au beau milieu d'un charnier ! À moins d'être dénué de toute sensibilité, cela me semblait être un non-sens total !

Étais-je en train de basculer dans le cercle des « c'était mieux avant » ? Sorte de Lion's club pour quinqua et plus, qui comptait parmi ces membres, nombre d'individus en proie à la déréliction. Étais-je sur le point de rendre l'âme ? Mais à qui, diable fallait-il la rendre ? Je ressentis alors le besoin de m'éloigner de cette agitation fiévreuse ; besoin d'un sevrage, d'une ascèse.

J'avais l'impression d'être comme ces hommes que l'on avait saoulés dans une taverne d'un port et enrôlés à leur insu sur une embarcation pour un long périple. Ces shangaiers, qui se réveillaient au matin, sur leur geôle flottante, assignés à des tâches ingrates et contraints à un long voyage. J'étais devenu le shangaier du vaisseau de la société moderne qui avait des allures de radeau de la Méduse. Le réveil avait été dur. Comme eux, j'avais une gueule de bois à couper à la hache ! Je me retrouvais au large, dans un monde qui semblait sur le point de s'échouer, à l'acmé de sa folie et je ne voulais pas prendre part au carnage.

La fuite me semblait être la seule solution pour ne pas basculer dans la folie ambiante. Prendre la tangente avant d'être frappé d'alignement !

Cette fois-ci, j'étais décidé, j'irai jusqu'au bout.

Je sortis de chez moi. Partout, dans la rue, c'était le même spectacle navrant. Une cohorte de zombies, la tête basse, les yeux rivés sur leurs écrans déambulaient dans les rues : ces enveloppes charnelles, vidées de leurs substances, lobotomisées par leurs écrans, l'esprit ailleurs, déconnectées de la géographie des lieux. Autrefois, on plébiscitait un port de tête altier, désormais l'échine était courbée et la tête baissée.

Le téléphone portable était assurément la onzième plaie que le Divin avait dû imposer à l'homme moderne ! Partout, la pandémie du « cellulaire phagocytaire » propageait, tel un virus, ses conversations impudiques et bruyantes, envahissant le moindre espace de non-bruit fut-il des plus sacrés !

Ça ne faisait que renforcer ma détermination.

J'allais à ma banque et demandais à solder mon compte ce qui ne manqua pas d'interloquer ma conseillère. De conseils, elle ne m'en avait que trop rarement soufflé de bons et je trouvais son titre quelque peu pompeux ! Un client qui s'en va s'est toujours un échec pour un banquier.

Aussi, fallait-il essayer de me dissuader : me proposer une meilleure offre ; une carte Gold qui offrirait de nombreux avantages, avec laquelle je pourrai acheter à crédit des tas de choses dont je n'avais nullement besoin et, par là même, participer à la marche du monde.

Elle s'aventura à me demander :

— Pourquoi voulez-vous solder votre compte ?

— Là où je vais, je n'en aurai plus besoin, lui répondis-je.

Décidément, je ne cessais de la surprendre.

— On a toujours besoin d'argent » me rétorqua-t-elle avec condescendance.

— Pas dans le maquis.

— Le maquis !, répéta-t-elle.

— J'ai pris le maquis, le maquis de l'âme !

Elle resta mutique devant ma réponse et elle n'insista pas. Après tout, son établissement bancaire pouvait bien se passer d'un client aussi ubuesque que moi !

En deux semaines, j'avais réglé les différentes démarches administratives me libérant des liens qui m'entravaient à ce monde. À chaque fois que je soldais mes contrats : assurances, téléphone, c'était le même scénario qu'a la banque. On me faisait des offres plus alléchantes et devant mon refus, on me demandait pourquoi je m'obstinais dans mes velléités de résiliation. Invariablement, je répondais cette phrase :

— J'ai pris le maquis, le maquis de l'âme»

Je parti m'installer sur l'ile Navarino aux confins de la Patagonie chilienne. Je pensais qu'aux extrémités, le monde serait moins putride qu'en son centre. Je connaissais l'endroit pour y être déjà venu en expédition quelques années auparavant. C'était une petite île de 2 500 km² bordée par le canal de Beagle au nord et la baie Nassau au sud. Le cap Horn n'était qu'à quelques encablures. Puerto Williams, une base navale, en constituait l'unique village.

Lors de ma première visite, j'avais été submergé par l'authenticité, la beauté et la sauvagerie des lieux. Ici, je serai à l'abri de celle des hommes, pensais-je.

Alors que je traversais le canal de Beagle, j'esquissais un timide sourire. Le hasard m'avait conduit en ces lieux qui avaient été jadis, le terreau de *L'origine des espèces.* Un naturaliste anglais avait, ici même, échafaudé les prémices de sa théorie sur l'évolution des espèces qui allait révolutionner le monde des sciences biologiques. J'avais choisi cette même destination, pour me soustraire à l'évolution de l'une d'entre elles que je pensais perdue.

La théorie de Darwin avait mis en lumière l'influence de l'environnement sur l'évolution des espèces. « La sélection naturelle » était la capacité à évoluer et à se reproduire dans un environnement défini. Seuls les individus les mieux armés face à cet environnement survivaient.

Une question me tarauda : étais-je une victime de la sélection naturelle, incapable de m'adapter à ce monde nouveau ? Victime d'un tri sélectif qui éliminait les plus faibles ?

Sitôt débarqué sur l'île, je m'empressais de m'élever au sommet de celle-ci. Comme si je voulais voir si j'étais suffisamment loin du monde.

Dans ce bout du monde, après un long parcours, les Andes venaient mourir dans un ultime soubresaut : dernier baroud d'honneur, avant de plonger dans l'océan Pacifique.

J'allais en faire de même.

La chaîne de montagnes, *los dientes de Navarino*, était constituée de plusieurs pics acérés ; l'un d'entre eux, le pico Navarino, était le point culminant de l'île. Je m'assis à son sommet.

Les vents catabatiques me cinglaient le visage : les cinquantièmes hurlant portaient bien leurs noms !

Au loin, le monde s'agitait à l'instar des agents de change de Wall Street. Les valeurs humaines avaient été remplacées par des indices boursiers aux noms de médicaments (CAC40, NAZDAQ). Le monde était sous camisole chimique.

Je restais là, transpercé par la beauté des lieux. Une intense émotion m'envahit.

Je sortis le carnet et le crayon qui m'accompagnaient toujours dans mes ascensions : sage précaution au cas où l'inspiration viendrait à frapper. Car l'inspiration à ceci de commun avec l'Éther qu'elle s'évapore très vite !

La mine du crayon papier glissa lentement sur la feuille.

À l'heure du trépas, dites-moi, diable,

A qui dois-je rendre mon âme.

Elle est devenue bleue

Et, crains qu'elle ne s'oxyde sous peu

De guerre lasse, dans ce monde de néant

Elle ne saurait souffrir plus avant

Je vous prie, de grâce dites-moi seulement

A qui dois-je rendre l'âme, de mon vivant.

Une larme perla sur ma joue.

Je pensais à cette phrase de Blaise Cendrars : « Seule la Patagonie convient à mon immense tristesse. »

Anna Fouqué

Hard Rock balcon

L'ORL, blouse blanche, stéthoscope autour du cou, les yeux qui courraient sur le bilan auditif où l'on pouvait lire en haut à droite : « Fabrice, 44 ans, marié, 1m85, 85 kg », demanda à son patient, sans lever la tête :

— Mettez-vous en place des stratégies d'évitement ?

— Des stratégies d'évi…?

— D'évitement. Oui. Agissez-vous pour contourner la difficulté que vous rencontrez ?

-— Euh…Oui, j'évite les situations qui…

— Souvent ? l'interrompit le médecin.

— Oui. Souvent… dix, vingt fois par jour. Je ne sais pas. Trente, bredouilla-t-il.

— Sur une échelle de un à dix, à combien estimez-vous la gêne ? Un étant le chiffre le plus faible, dix le plus fort.

— Huit.

— Céphalées ? Nausées ?

— Oui.

« Driiiiiiiiing ». Fabrice sursauta, se tourna vers la droite, grimaçant, à cause du bruit. Le médecin ouvrit, demanda au visiteur de repasser plus tard. Il était en consultation. Il prit néanmoins une enveloppe que celui-ci lui tendait. Il revint vers Fabrice, relut le bilan :

— Bien, bien, bien. Vous souffrez d'hyperacousie.

— D'hyperacc… ?

— D'hyperacousie. C'est un trouble auditif qui se caractérise par une hypersensibilité à certains bruits, voire une intolérance. Il est souvent associé, comme dans votre cas, à des acouphènes.

— Mais… Pouvez-vous me dire si… ?

— Les origines sont multiples : vieillissement, chocs émotionnels, exposition prolongée aux bruits, traumatisme sonore, déclara le médecin d'une traite sans écouter Fabrice. Vous avez eu des comportements à risque, récemment ?

— Des comportements à risques ?

— Des expositions aux bruits.

— Ah…des concerts… Je suis guitariste dans un groupe de rock. Nous…

— Vous allez devoir arrêter la musique.

— Je ne peux pas arrêter la musique.

— Si vous voulez vous rétablir, vous allez devoir arrêter la musique provisoirement. C'est simple : protections auditives, thérapies sonores et comportementales, environnement silencieux, propice au repos.

— Il n'y a pas d'autres solutions ? demanda Fabrice.

— Je vais vous signer un arrêt de travail de trente jours, que vous renouvellerez le mois prochain, quand nous nous reverrons pour faire un bilan. Avez-vous d'autres questions ?

C'était une journée comme une autre. Fabrice regagna le parking souterrain où il avait garé sa voiture grise, dans l'obscurité moite entrecoupée de lueurs de néons rouges et verts indiquant les places libres et occupées. Dans sa voiture trop grande pour lui, avec des médiators rouges sur les banquettes arrière, une guitare (Gibson) et quelques mégots de cigarette jonchant le sol, Fabrice s'agitait sur son siège, les doigts tapotant nerveusement sur le volant. Il régla à la borne, remonta vers la sortie — une vague de lumière d'un coup — et s'engagea sur la route pour rejoindre la voie rapide. Il doubla un poids lourd, reprit la voie centrale, sans respecter les limitations de vitesse. Il avançait vite, vite, voulait rentrer chez lui. La station de radio passait une émission sur les problèmes d'ego et d'impossibilité d'écoute de l'autre, voire d'empathie. Une publicité sur des réductions commerciales de grandes enseignes interrompit les intervenants. Il baissa le son. « Je vais appeler Joey pour le prévenir. » pensa-t-il. Joey était le chanteur et leader de son groupe de rock-métal « Apocalypse ». En prenant les écouteurs dans la boite à gants, des cendriers de plage, des amplis de guitare, et des cartes de la Bretagne tombèrent au sol, éclairés par les rayons de soleil qui passaient. « Putain, je peux pas utiliser mes écouteurs ! Et merde ! ». Il se dit qu'il reporterait l'appel à plus tard, au calme. Mais comment annoncer cette nouvelle à son groupe ? Il arrivait en ville : un feu au loin, au rouge, et une file de voitures agacées ralentissait le trafic. Le voyant passa au vert. Le type devant, dans une R5 rouge, ne réagissait pas : il pianotait sur son téléphone, puis leva la tête pour regarder une publicité avec une femme en soutien-gorge. Est-ce que cette photo était retouchée ? Fabrice lança un grand coup de klaxon. Ça lui déchira le tympan. « C'est pas vrai ! Putain ! » beuglait-il en se tapant la tête contre le volant. La marée de voitures progressa d'un coup vers la ville, s'engouffrant dans l'artère principale, noyant les autochtones dans un flot étourdissant de klaxons, insultes,

vrombissements, accélérations, crisse-
ments de pneus. Comment était-ce possible que cette ville soit si bruyante ? Il se
disait qu'un petit riff de guitare le calmerait,
un solo tranquille, où la colère courrait sur
les cordes, loin de lui. Un exutoire.

Arrivé dans son appartement, il annonça la nouvelle à sa femme Gaëlla, une
petite blonde aux yeux marrons, assez
maigre, avec des airs assurés, mais lascive,
très lascive. Elle s'ennuyait et arrosait les
plantes du salon où il vivait, au troisième
étage d'un immeuble au centre de la ville.
Elle avait un côté Emma Bovary, fan-
tasque, par ennui.

— Gaëlla, le médecin a été clair. Pour
ma guérison, il faut que tu arrêtes de me
parler… lui dit-il d'une traite, sans réfléchir.

— Oh… On ne parle plus depuis bien longtemps, Fabrice, répondit-elle en arrosant les plantes paisibles, sans lever la tête.

— Je souhaiterais aussi que l'on évite tout rapprochement, lui dit-il, sans entendre sa réponse.

— Oh ! Nous n'avons pas de rapprochement depuis bien longtemps, Fabrice.

— Je ne pourrais plus me charger de faire la vaisselle ni de passer l'aspirateur, à cause du bruit.

— Fabrice…

Il passa devant un grand cactus et entra dans son bureau d'adolescent où des posters de rockeurs décoraient les murs. Il s'installa devant une fenêtre donnant sur un immense chêne, planté ici depuis trente ans, dont les feuillages séparaient les deux bâtiments principaux de la résidence. Tout en se perdant dans sa contemplation, il se souvînt d'otites dont il souffrait plus jeune, et contre lesquelles aucun remède n'avait jamais eu raison. Il restait dans son lit, agonisant, les mains serrées sur ses oreilles souffrantes. Pourquoi cette malédiction ? Pourquoi toujours les oreilles ? Sa mère l'avait soigné en l'emmenant chez un guérisseur : les otites avaient cessé d'un coup. Ce phénomène l'avait à la fois constitué et l'effrayait : il ne pouvait souffrir le moindre écart avec la réalité. Il avait en horreur le merveilleux, le fantastique. Mais ce miracle l'avait toujours fasciné — sans qu'il ne pût jamais le reconnaître — il ne pouvait l'intégrer. En tout cas, c'était toujours par les oreilles que sa mère le rattrapait. Pour lui apprendre les bonnes manières, le respect, l'amour.

Gaëlla jeta un œil à la pendule : il était à peine 19h. Comment son mari pouvait-il être aussi *rock n'roll* et aussi austère à la fois ? Elle savait que l'annonce de mauvaises nouvelles provoquait chez lui des réactions variées. Il y avait d'abord un temps de repli sur soi qui pouvait s'étirer sur plusieurs jours, puis une phase de colère noire où les liens avec son entourage se délitaient jusqu'à la scission — la violence des paroles atteignait des points de non-retour —, enfin une phase d'acceptation comme celle des deuils, où la souffrance infligée par sa colère ne pouvait que se tarir. Mais à chaque fois, au troisième stade, il ne savait pas transformer sa colère. Alors, elle pensait à ces longs jours qui l'attendaient, avant qu'il se rétablisse.

Les nuits se succédaient, sombres, latentes. Fabrice dormait le jour et vivait la nuit quand le silence régnait partout, grisant de pénombre. Les symptômes de l'hyperacousie s'aggravaient : la vie avec le voisinage se détériorait. Fabrice ne voulait plus subir la situation. Les messages assassins laissés dans le hall de l'immeuble, écrits au feutre rouge pour signaler le bruit, le manque de savoir-vivre, de respect, agaçaient les locataires d'en dessous. Mais ça l'obsédait qu'on ne respecte pas sa souffrance, qu'on ne compatisse pas avec lui, par soutien, par solidarité. Il enrobait ses messages pleins d'agressivité d'une douce morale de circonstance. La solidarité enfin ! Quand les écrits ne suffisaient pas, les locataires surpris ouvraient la porte et se trouvaient nez à nez avec Fabrice qui les sermonnait avant le weekend pour parer à l'éventualité d'une soirée déjantée où le rock résonnerait à fond les ballons dans tout l'immeuble. Sa femme découvrit des Post-it un peu partout dans tout l'appartement, qui lui étaient destinés : « le silence est la vertu des rois », « le silence est la meilleure réponse que l'on puisse faire à un sot », « l'arbre du silence porte les fruits de la paix ». Malgré les efforts du couple, Fabrice n'écoutait plus que les sifflements dans son oreille, des essaims d'abeilles agressives qui butinaient son tympan. Gaëlla tenta de le raisonner : « Fabrice, si tu te concentres sur tes symptômes, ils vont s'aggraver. Tu souffres d'une obsession. Ton cerveau est assiégé ! Le pire combat se livre dans ta tête.

— Non ! Dans mes oreilles, répliqua-t-il, j'entends en permanence un sifflement ! Tous les sons sont multipliés. C'est un enfer !

Pourquoi avait-il épousé une femme si volubile et si compatissante ? Le plus difficile, c'était la solitude causée par l'arrêt de la musique et du travail. Ce foutu arrêt maladie renouvelable, la mort sociale ! Finis les repas avec les collègues de l'IUT après ses cours de traduction. Finies les discussions avec les étudiantes. Il n'avait jamais connu la solitude, il n'aimait pas ça, ça l'angoissait. Une tristesse généralisée l'envahissait. Tout lui semblait fade, sans vie, sans intérêt.

À la levée du jour, Fabrice fut réveillé par les croassements d'un corbeau posé sur les branches du vieux chêne avoisinant les deux bâtiments de la résidence. Un gros charognard avec son plumage aux reflets bleutés. Fabrice tournait dans son lit, — il était couché depuis peu — mais des images horrifiques défilaient sous ses yeux. Une belle femme venait à sa fenêtre jouer l'air de « *Fat to black* » de Metallica ; mais c'était la grande faucheuse qui le charmait pour l'emmener dans des fosses de concert, immenses charniers de fans désolés. Il avait l'impression qu'on lui annonçait sa mort. Pourquoi venir le persécuter maintenant ?

La nuit s'éternisait. On eût dit qu'elle ne finirait jamais, avec ses lassitudes, chagrins, son lot d'amertume. Des nuits irrespirables. Il en parla à Gaëlla le lendemain, qui lui répondit : « Ce corbeau a toujours été là ! Tu n'y prêtais pas attention ! C'est tout ! ». Il n'entendit rien.

Fabrice composa le numéro du syndicat de la copropriété pour demander l'organisation d'une assemblée générale exceptionnelle afin de débattre de la coupe du grand chêne au milieu de la résidence. Pour appuyer sa demande et s'assurer de l'issue du coup de fil, il déclara que l'arbre était malade, infecté de chenilles processionnaires, et que l'orage de l'été dernier l'avait fragilisé. L'arbre pouvait tomber d'un moment à l'autre, sur son appartement, et son immeuble comme il disait, car il était propriétaire des deux appartements en dessous, mis en location depuis peu. Les étudiants n'étaient plus en sécurité. Vraiment, il fallait agir vite si on avait le sens des responsabilités, et par conscience morale. On ne mesurait pas le danger que représentait ce chêne susceptible de s'effondrer à tout moment. Heureusement qu'il était là, lui attentif, prévoyant. L'homme au téléphone ne pipa mot : il se disait que ce propriétaire voulait couper l'arbre pour donner plus de valeur à son appartement en cas de revente. En effet, l'exposition de la terrasse lui permettrait de justifier la hausse des prix des loyers, ou de la valeur du bien, en cas de revente. « Vraiment, quel imbécile ! », pensait-il. Dans ce monde régi par l'argent, d'autres hypothèses n'étaient pas envisageables. L'interlocuteur coupa Fabrice et lui expliqua dans quelles conditions on décidait de l'abattage d'un arbre dans une copropriété. Il fallait un vote à la majorité. Fabrice écoutait les fautes de syntaxe de son interlocuteur. Il le corrigea à plusieurs reprises. Erreurs de prépositions, fautes d'accord, concordance des temps.

Les deux se braquaient. Mais Fabrice excellait dans l'art de corriger les autres : il passait son temps à appeler les émissions de radio ou de télévision pour signaler les constructions fautives des présentateurs. Il commentait sur les réseaux sociaux, guettant comme un chasseur les fautes, traquant les coquilles, les binocles rivés sur son écran, s'alimentant de fautes comme un monstre reclus dans sa tanière. Gaëlla ne supportait plus l'élitisme et le mépris de son mari. Comment pouvait-il se sentir si supérieur aux autres ? Elle l'avait aimé pour son côté *rock n'roll*. Maintenant qu'en restait-il ? On nota la demande de Fabrice et après un temps, on sanctionna ce coup de téléphone d'une date d'assemblée générale, dans un mois. Sa femme était scandalisée :

— Enfin Fabrice ! C'est un *locus amoenus*, ce parc avec ce chêne !

— Un *locus amoenus* ! Pfou ! Sais-tu au moins ce qu'est un *locus* ? Sais-tu au moins parler latin ?

Sa femme commençait à ressembler à une diva du cinéma muet, avec ses gestes excessifs qu'il traduisait sans peine quand il la croisait, ce fantôme du passé, de sa vie d'avant. Il décelait chez elle de la mélancolie, oui, mais peu importe puisque lui souffrait aussi. « C'est peut-être pour ça que j'aime le latin : comme la musique, c'une question de traduction », pensa-t-il.

Dans la lumière vespérale, on entendait chaque jour les croassements du corbeau posé sur la branche du vieux chêne, toujours la même, celle qui jouxtait la fenêtre de la chambre de Fabrice. Il fixait dans la luminosité naissante les affiches de concert de ses idoles, les crayonnés de leurs visages, en écoutant le cortège noir. La vie lui semblait prendre la route, dans des camions pour des concerts en Europe où la vie battait son plein. Les ramages s'étiraient jusqu'au balcon de Fabrice et semblaient chatouiller les murs de la résidence, et sa patience fragile. Un matin, il décida d'élaguer lui-même les quelques branches accessibles depuis sa fenêtre. Il alla planquer les ramages coupés en forêt. On eût dit un criminel qui allait cacher un corps et qui revenait chez lui, esseulé, et soulagé à la fois. Son crime, l'élagage partiel de l'arbre, avait d'un coup laissé passer les rayons du soleil sur la terrasse. Il avait maintenant vue sur l'immeuble d'en face, et réciproquement. Ce nouveau vis-à-vis générait des tensions. La jeune femme qui habitait le bâtiment opposé au même étage faisait sécher son linge sur le balcon, si bien que Fabrice outré avait l'impression, comme il le disait lors de ses appels au syndicat, qu'on était en Seine Saint-Denis ! « Quel manque d'éducation et de savoir-vivre. Elle ne pense pas aux autres », se disait-il. Il trouvait également ses mœurs douteuses, car il la voyait parfois en journée, quand il ne dormait pas, se promener nue chez elle et sur le balcon. Il hésita à en parler au syndicat :

— C'est un petit monstre, disait-il à sa femme. C'est indécent ! Quel outrage aux bonnes mœurs !

— On n'est plus au XIXe siècle, Fabrice !

— Je te dis que cette fille est un petit monstre.

— Un petit monstre ! Pfou ! C'est toi qui as coupé ces branches !

— Oui, pour le bien et la sérénité des résidents de l'immeuble ! Pourquoi personne ne comprend ma bienveillance ?

Mais plus les jours passaient, plus Fabrice s'isolait. L'acouphène provoqua rapidement chez lui une grave dépression. Les riffs mélancoliques des albums psychédéliques de ses artistes favoris envahissaient ses pensées. Les accords graves des bassistes résonnaient dans son esprit. La joie en sourdine n'était plus qu'une image fade d'un clip passé. Il n'avait plus envie de rien. Une léthargie profonde. La vie défilait devant lui, un film sans dénouement, où il était privé de toutes possibilités d'action. Il n'y avait rien à faire. Peut-être attendre. Mais pourquoi ?

Un coup de fil du chanteur de son groupe, un matin, bouleversa la situation. Joey lui annonça : « Le groupe doit continuer, Fabrice. On en a tous envie. Mais ça fait trois mois que tu n'es plus là. On ne tient plus, nous ! Le public nous attend… Est-ce que tu accepterais qu'un guitariste… te remplace… seulement pour un ou deux concerts, tu comprends ? le temps que tu reviennes. »

Il parafait son arrêt de mort. Une vraie impasse. Pas d'issue. Il leur en voulait de faire ça, le remplacer. Mais quelque chose se défendait en lui, un instinct de survie qui l'arrachait à tout ça. Fabrice sentait combien il fallait commencer quelque chose de nouveau, coûte que coûte, s'il voulait se tirer de ce mouroir, ne pas rester là comme un con. Sinon, ça finirait mal, pour lui, pour sa femme, les résidents, sa mère, pour tout le monde. À bout de nerfs, il alla courir en forêt, sans bruit, en évitant la route et en contournant les chiens sur son passage, craignant leur aboiement, leur animalité, leur instinct. Il faisait beau. Le soleil, à son zénith, tombait sur la ville. Quelques nuages faisaient des volutes de fumée informes. « Il faut que je reprenne une activité professionnelle, même à distance » pensa-t-il. Il aimait la traduction, ça le passionnait. Pourquoi ne pas s'inscrire sur une plateforme en ligne ? Ses amis lui avaient parlé du travail à distance, de site comme

« fiverr » où l'on pouvait proposer des services en fonction de ses compétences. La nuit même, il s'inscrivit, rédigea une présentation sommaire. L'arrêt maladie ne l'empêcherait pas de travailler. En réalité, rien ne pouvait l'arrêter : il ne pensait plus qu'au temps où il serait libéré de ses symptômes, de ses entraves.

Le lendemain, contre toute attente, il fut contacté par un client qui lui proposait un texte à traduire. C'était de la poésie érotique, en vers libre et sans ponctuation. Un homme — un particulier visiblement assez riche — lui proposait une belle somme pour une traduction rapide de son recueil afin de l'envoyer à des maisons d'édition étrangères. Bien que l'homme fût assez directif, ce qui aurait pu dissuader Fabrice, il accepta.

Ça le transporta. L'exercice apaisait ses symptômes. Les rythmes de cette poésie libre, sans contrainte, étaient comme un baume sur ses tympans meurtris. C'était incroyable de découvrir une nouvelle mélodie puissante. Les acouphènes cessaient. Il n'y pensait presque plus. Il se revoyait sur scène. Gaëlla regardait par-dessus son épaule. Il chuchotait :

— Le vers libre me transporte.

— C'est l'érotisme surtout, Fabrice, qui te transporte.

Elle suivait de loin sa métamorphose, son apaisement soudain. Il traduisit. C'était grisant.

Mais après l'envoi de son premier travail, il reçut un mail de son client qui contestait les choix de traduction. Fabrice avait rétabli la ponctuation, tout était traduit à côté, ça manquait de poésie, de rythme, d'images, de liberté. Fabrice relut le mail à plusieurs reprises, cherchant un sous-texte, inexistant. Il rédigea une première réponse sous le coup de la colère pour expliquer à son interlocuteur qu'une phrase devait être ponctuée, qu'on n'utilisait pas de termes grossiers en poésie, et qu'enfin, c'était sûrement lui qui n'avait rien compris à la poésie. Il s'y connaissait lui puisqu'il enseignait la traduction dans un IUT ! Gaëlla n'était pas d'accord :

— Je ne suis pas sûre que tu aies raison.

— Enfin c'est bien traduit ! Au mot à mot ! Pourquoi tu… ?

— Justement…Ça manque de poésie !

— De poésie ? Sais-tu au moins ce que c'est, la poésie ?

Le mois suivant fut scandé par la reprise des symptômes de l'hyperacousie. Pourtant, les bilans auditifs indiquaient une progression : la guérison était proche mais Fabrice ne voulait pas l'entendre. Il continuait à tétaniser tout l'immeuble, à signer des pétitions dès qu'un tube de rock résonnait dans la résidence, si bien que tout le monde le craignait, l'évitait, et parlait de lui. Ça l'agaçait, forcément. Il s'en prenait aux autres :

— Ce médecin est incompétent ! Enfin ! Il me dit que je suis guéri : j'entends encore un sifflement qui…

— C'est ta connerie qui fait tout ce raffut ! s'exclama Gaëlla, excédée.

— Ma connerie qui fait tout ce raffut ?

— Oui ta bêtise ! Ta bêtise, Fabrice ! Ton obstination ! Ton ego ! Ton manque d'écoute ! De considération, de… Tu n'as jamais été capable d'entendre que les choses puissent être autrement que dans tes représentations ! Tu es borné, sévère…tu…

— Ne crie pas ! ça va recommencer, les sifflements ! Je les entends déjà ! C'est contagieux ! Si ça se trouve, c'est ta voix qui me donne tous ces symptômes !

« C'est ta connerie qui fait tout ce raffut ». Cette phrase éclaira Fabrice. Une révélation. S'il y avait bien quelque chose de terrifiant dans les propos de son épouse, c'était d'être con sans s'en rendre compte. Son image s'effondrait. Comprendre que la solution, ou plutôt le changement, pouvait ne pas venir de lui mais de quelque chose d'extérieur — une femme de surcroit — le bouleversa. Il avait manqué de discernement jusqu'à lors, de lucidité. C'était large d'un coup ce qu'il voyait par la fenêtre : plus clair peut-être, plus intense, plus vrai.

Dès lors, il écouta davantage les autres, tenta de les entendre, voire, dans des moments rares, de les comprendre. Les manifestations de son empathie restaient gauches, car il n'était pas habitué à cette gymnastique. Manquant souvent de vocabulaire, il bredouillait, les mots ne venaient pas spontanément. Il cherchait dans les tréfonds de ses représentations pour trouver la corde sensible, où vibrerait une compassion sincère qui ne sonne pas faux. Il se mit à écrire des poèmes érotiques pêlemêle, à aimer les femmes, à les regarder, à les respecter, sans machisme, sans a priori.

C'était un jour comme un autre : le printemps, les pépiements des oiseaux, les allers retours des voitures en bas. Deux hommes arrivèrent, balisèrent la route qui se déroulait devant la résidence avec de grandes bandes jaunes comme des tapis rouges, pour déterminer un périmètre de sécurité. Le plus jeune des deux hommes — un paysagiste débutant — tailla une première encoche en bas du chêne, puis une seconde, un peu plus haut, de l'autre côté. Il avait peur de rater son coup, comme c'était sa première fois. L'arbre hésita, puis vacilla, lardant le ciel d'une grande balafre. Il tomba doucement. Il n'y avait plus un bruit dans la résidence, depuis que la demande de Fabrice avait été acceptée. Le système des décilles avait favorisé son votes et l'unanimité n'avait pas été requise. Depuis la coupe de l'arbre, les plantes mouraient sur les terrasses surexposées — trop de soleil, d'un coup.

Un mois plus tard, Fabrice, enfin guéri de ses problèmes auditifs, reprit la musique, les concerts, les sorties. Ses doigts couraient sur les cordes de sa magnifique Gibson. L'ivresse, c'était ça l'ivresse, les concerts, la foule, les cris, les riffs, la batterie, les applaudissements. Ce solo du monde qui battait la mesure et faisait trembler le sol et ses mains. Son groupe interprétait certains de ses textes : le chanteur et parfois le public faisaient des fautes de liaisons, mais il avait accepté. Il ne relevait même plus. Tant pis pour les virgules, les points, la syntaxe, il se fichait de tout ! Dégageant une telle énergie, les filles se ruaient vers lui. Pour fêter sa liberté, un soir, il rentra avec une admiratrice, un peu éméchée, après le concert. Il voulait l'épater, comme ça n'allait plus avec sa femme, mais la jeune rockeuse ne semblait pas satisfaite. Elle lui plaisait, il avait des attentes, besoin d'être complimenté sur sa performance.

— C'était comment alors ? Dis ! lui demanda-t-il après l'amour.

Elle ne répondait pas, lui tourna le dos. Fabrice posa de nouveau la question, incapable d'interpréter ce silence. Il énuméra ses exploits pour l'inviter à acquiescer, sinon à contester. Elle était navrée.

— Tu sais Fabrice, les femmes ne jouissent que par l'oreille.

Il ne vit rien de plus blanc que ses yeux bleus. Encore cette malédiction ? Pourquoi fallait-il toujours qu'il souffre par là où il était tenu ?

Agnès Romier

Le choix d'Antoine

Premier jour

Le site correspond bien à la description qu'on lui a faite : un long trapèze au sommet d'une falaise, avec l'un des côtés largement ouvert sur la mer et le ciel, l'autre très étroit, barré par une construction en briques, sa base de survie. De hauts grillages mêlés d'arbustes et de taillis délimitent l'espace. Au-delà s'étend une zone broussailleuse où des chèvres errantes broutent la végétation ; il ne sera pas dérangé. En plein milieu se dresse la yourte, promesse de simplicité, de ressourcement et d'aventures. Cependant, sous ce ciel gris et venteux de fin d'été, la réalité est moins flatteuse. Le sol caillouteux est inégal, mal entretenu. Les parois de la yourte sont élimées, défraîchies par endroit, les tapis effrangés. De joyeux tissus bariolés et quelques pompons en égayent pourtant l'entrée. À l'intérieur il retrouve ses deux cantines en fer et son manteau en poils de chèvre.

Dans la cabane en briques, comme prévu, il n'y a que les commodités strictement nécessaires. Les provisions et le stock de bougies sont bien rangés sur des claies en bois et, à côté de la table, il y a un réchaud et une bouteille de gaz. Les toilettes sèches sont propres. Une douche rudimentaire alimentée par l'eau de pluie complète l'installation. C'est son choix, un confinement voulu, austère. Mieux, une retraite propice à la méditation. Mieux encore, le cadre idéal pour l'évaluation de ses capacités physiques et psychologiques.

Toutes les consignes ayant été scrupuleusement définies, il se contente d'adresser un signe rapide au chauffeur qui l'a conduit jusqu'au bout de la route, puis guidé sur l'étroit sentier. L'homme referme la porte, isolant ainsi Antoine du monde extérieur, de son téléphone portable et de sa vie d'individu ordinaire nourrie par les petites certitudes, les séries télé, internet, l'info en continu et les jeux vidéo.

Antoine est le seul descendant d'une double lignée d'enseignants et de droguistes, ses parents étant morts dans un accident deux ans plus tôt. Enfant unique par tradition familiale, il fut un écolier sérieux, rêveur, puis un adolescent solitaire. Son père avait été conformiste et casanier, même s'il avait conservé de sa période hippie un manteau en poils de chèvre, rapporté d'Afghanistan. Sa mère avait été discrète et perfectionniste. À leur affection se mêlait toujours beaucoup d'inquiétude.

Antoine a fait des études de commerce après avoir, pendant une courte période, voulu devenir photographe. Il gagne finalement sa vie en déployant des stratégies marketing pour des produits hightech. C'est un citadin, proche de la quarantaine. Il vit seul depuis quelques années. Comme beaucoup, l'arrivée du Covid l'a décidé à quitter son logement parisien pour réintégrer, en province, l'ancienne maison de ses parents. Elle possède un jardin en pente et de grandes fenêtres d'où l'on aperçoit la Seine. Là, il prend des habitudes de reclus, se coule avec délectation dans le télétravail, s'enfonce dans l'exploration infinie du Net, retrouve ses vieux livres de science-fiction, achète un aquarium avec d'élégants poissons pour lui tenir compagnie et un vélo d'appartement.

La situation sanitaire restant incertaine, il décide de prendre une année sabbatique pour réfléchir à ses choix de vie. Celle-ci s'écoule de plus en plus tranquille, sa solitude devenant de plus en plus rigoureuse. Mais un soir, il découvre par hasard sur son écran, Nora, le sosie d'une ancienne amie de lycée. Ils prennent l'habitude de passer de longues soirées ensemble, à distance. Elle lui raconte sa vie, ses goûts, ses études de psychologie. Alors qu'il se sent prêt à abandonner pour elle ses choix d'ermite, Nora lui fait découvrir le PAV : Programme des Anachorètes Volontaires.

Elle lui parle longuement de ce programme scientifique qui a pour but d'évaluer des réactions individuelles dans un contexte de réclusion volontaire lié au sevrage des addictions technologiques. Elle est enthousiaste, trouve qu'il est le candidat idéal, ne lui cache pas qu'ils ont du mal à recruter, et que, si elle assure le suivi intégral de son cas, elle pourra sans doute écrire un article qui lui apportera un peu de notoriété. Antoine se sent flatté. Effectivement, son tempérament le porte à la solitude et l'intérêt scientifique ne lui échappe pas. Enfin, la tutelle exclusive de Nora achève de le convaincre.

Le site du PAV paraît sérieux, bien qu'assez confidentiel. Il est encadré par des chercheurs reconnus, très exigeants sur les candidatures. Inutile de faire trop de publicité, confie Nora, lui expliquant que seule une dizaine de personnes seront retenues. Les lieux de retraite sont disséminés dans toute la France, l'un d'entre eux, équipé d'une yourte traditionnelle, se trouve près de la mer, sur les falaises du pays de Caux.

Pourquoi hésiter, l'étude durera quarante jours et Nora assurera son débriefing.

De plus elle n'habite pas loin, il peut lui laisser un jeu de clés, elle arrosera les plantes et nourrira les poissons rouges.

Trente-cinquième jour

Antoine n'en peut plus. Aujourd'hui il est malade, il a pris froid. Il frissonne malgré l'aspirine. Il dort très mal. Rien n'arrive à le distraire de sa morosité. Dans son journal de bord, qu'il a toujours rempli scrupuleusement, la dernière inscription se réduit à : « il pleut ». Il délaisse aussi les formulaires où chaque soir il doit noter avec rigueur ses occupations, sa condition physique et psychologique, son alimentation, ses problèmes... et chaque matin ses rêves puis ses projets pour la journée. Cinq pages recto verso à remplir chaque jour, il n'en peut plus. La perspective de les partager avec Nora ne suffit plus.

Pourtant tout avait bien commencé. Il avait conçu un planning détaillé. Sport : courir autour de la yourte, pompes face à la mer et yoga. Aménagement du territoire : regrouper les cailloux en cairns et en lignes, ramasser et recycler les débris, embellir la yourte. Sociabilité : apprivoiser les chèvres à travers la clôture, imiter le cri des goélands. Art : photographier le ciel, la mer, les oiseaux, les chèvres mais aussi, en gros plan, les petits paysages minéraux ou végétaux dessinés par la nature. Lecture : les grands maîtres de la SF, les vieux classiques choisis dans la bibliothèque de ses parents. Et bien sûr il y avait les tâches domestiques, les soins corporels, la sieste, les repas et les obligations du PAV : journal de bord et formulaires. Enfin, pour lui seul, noter des trucs dans son carnet rouge.

Tout cela lui avait paru excellent. Il s'était réjoui d'avoir un stock de livres pour ses soirées à la bougie. Son vieux matériel photographique argentique l'avait bien occupé pendant la première semaine ; il avait eu hâte de voir le résultat de ses cadrages. Par ailleurs, Il se sentait en sécurité car le PAV veillait, de loin. Un survol de drone devait être organisé selon des passages aléatoires pour vérifier que tout se déroulait normalement sur le site. Il disposait en outre d'un mât et de différents fanions pour lui permettre d'alerter en cas de problèmes, le rouge étant réservé aux urgences absolues avec demande d'évacuation. Antoine s'était fait un point d'honneur à ne pas utiliser ces expédients. Il avait même demandé que les passages de drones soient réduits et se fassent de préférence à l'aube quand il dormait encore. L'expérience devait être la plus rigoureuse possible.

Tout alla bien en somme, puis tout s'effilocha. Peut-être la faute aux livres... Dans son carnet rouge, le vingt-cinquième jour, il a noté : Ai lu en diagonale *L'Éducation sentimentale.* Un vieux compte à régler avec cette édition rébarbative en faux cuir... dire qu'elle m'attirait quand j'avais treize ans.

Quelques pages plus loin, il a recopié cette phrase : « Saint Antoine qui a une longue barbe, de longs cheveux, et une tunique en peau de chèvre, est assis jambes croisées en train de faire des nattes. Dès que le soleil disparaît, il pousse un grand soupir, et regarde l'horizon : Encore un jour ! Un jour de passé ! Autrefois pourtant je n'étais pas si misérable ! » Puis il a gribouillé : « Si j'avais de la paille, moi aussi je tresserais des nattes... Décidément Flaubert me déprime, je me demande comment l'histoire se termine. »

Ou bien la faute à ses rêves, de plus en plus hallucinés, peuplés de créatures bizarres, de scènes violentes. Des rêves où il survole des marécages remplis de crocodiles... des rêves de femmes ; des rêves nocturnes se prolongeant le jour.

Maintenant, levé avant l'aube, il guette les drones. Rien. Il laisse flotter le drapeau bleu : besoin de communiquer. Pas de réponse. L'angoisse s'installe peu à peu et son esprit s'égare. Dans quel traquenard s'est-il fourvoyé ?

Quarantième jour

C'est le dernier jour mais il ne croit plus à sa délivrance. Le PAV... une grande escroquerie ? ou alors, ce virus qui aurait fait des ravages en mutant ? ou une autre catastrophe encore plus inquiétante ? Antoine se ressaisit, il n'est pas prêt à rester cloîtré, à attendre une femme aux allures félines qu'il ne reverra jamais, à guetter des drones imaginaires.

Depuis ce matin, il se sent mieux, la fièvre est tombée et une colère sourde remplace l'abattement. Son contrat est rempli, il ne restera pas un jour de plus. Il doit trouver une solution pour s'échapper. Anxieux, il parcourt la clôture à la recherche d'un passage, d'un trou qu'il n'aurait pas vu. Il tâte le sol, qui par endroit semble plus meuble... il essaye diverses possibilités et finalement se décide. Avec une casserole et un couteau, il commence à déblayer la terre, à soulever le grillage et, arrachant de petits arbrisseaux, il finit par dégager une issue. Puis il retourne à la yourte se reposer. Faut-il attendre encore ? S'ils arrivaient quand même... c'est le quarantième jour. Il décide de leur donner une dernière chance, il patientera jusqu'à la nuit.

Calmement il avale les quelques victuailles qui restent, des noix, une boîte de lentilles. Puis il met tout en ordre, nettoie la cabane. Dans la yourte, après un ménage sommaire, il range toutes ses affaires dans les malles en fer qu'il cadenasse. Il veut sans doute assumer son rôle jusqu'au bout car il complète le journal de bord, détaille longuement sa situation et remplit les derniers formulaires. Puis il classe toutes les feuilles dans l'ordre, en piles bien droites, sur la petite table. Il écrit un mot pour qu'on lui fasse suivre ses malles. Enfin, il va hisser le drapeau rouge et attend, allongé sur le lit. Mais il s'endort, d'un sommeil profond, jusqu'à la nuit. Personne n'est venu. Il fourre dans son sac à dos les quelques biscuits restants, une bouteille d'eau, son appareil photo et les pellicules dans leurs boîtes rondes, son carnet rouge, son portefeuille et ses clés. Il s'en va. La nuit est claire sous la pleine lune ; le vent qui vient de la mer apporte ses odeurs d'iode. Il passe son sac sous la clôture.

Antoine retourne une dernière fois dans la yourte, il vient prendre son manteau en peau de chèvre d'Afghanistan. Sous le lit, il aperçoit le vieil exemplaire de *La Tentation de saint Antoine*. Il le ramasse en ricanant et le glisse dans une poche du manteau. En sortant il arrache un grand pan de tissu bariolé qu'il roule en boule et met dans l'autre poche, en souvenir. Il fait encore le tour de son domaine, s'approche de la mer comme pour la saluer, puis il s'enfile dans le trou et tire son manteau derrière lui.

Dernière nuit

Antoine marche au hasard en s'éloignant de la mer. L'humidité monte des

chemins, s'enroule entre les arbres. Il traverse des champs, des hameaux. La cam-
pagne est vide, personne, aucune circula-
tion. Il pense que le pays est à nouveau
confiné. Il hésite. Avec l'instinct d'un animal traqué il choisit de rester à l'écart, il
n'est pas prêt. Il mâche un biscuit, boit un
peu d'eau. Il sent à nouveau la fièvre. Elle
est revenue, car il a de drôles de pensées :
il se voit le long d'une route blanche, mi-
homme, mi-bête, marchant sans fin. Il
s'imagine dans cent ans, une main soutenant sa vieille tête ridée, le coude appuyé
sur un gros livre à fermoir. Une lumière
rouge traverse un vitrail et enflamme des
arabesques de plomb... Pour chasser ses vi-
sions, il prend un autre comprimé et se ré-
cite tout haut quelques vers du vieil Hugo
surgis de son enfance : « Lorsqu'avec ses
enfants vêtus de peaux de bêtes, échevelé,
livide au milieu des tempêtes... » Il les ré-

pète encore et encore, pour ne pas imaginer ce qui l'attend au bout du chemin, chez lui.

Dans un petit village, s'approchant d'une maison basse, il aperçoit la roue d'un vélo à l'angle d'un mur. Le portail n'est pas fermé. Alors il n'hésite pas, il se glisse dans la cour et enfourche la bicyclette. Un panneau indique Anglesqueville-la-Bras-Long. Se souviendra-t-il du nom ? Peu importe, il roule sur les petites routes jusqu'à un carrefour, où il déchiffre une direction connue. Un sentiment d'urgence s'empare de lui ; il se met à pédaler dans la nuit de toutes ses forces, malgré les frissons. Il continue... des heures. La nuit devrait bientôt s'achever ; des champs, des zones habitées défilent, puis c'est une forêt. Enfin il zigzague entre des bâtiments gris, des pavillons, des immeubles, la ville approche. Plus loin il reconnaît l'Université. Par terre, du verre, des poubelles renversées. Il est épuisé quand il arrive enfin au bord du plateau qui domine la ville.

Il s'arrête et laisse tomber son vélo. Il s'avance en vacillant vers le panorama qui s'étend en contrebas. Là, Antoine se fige, hagard. Il y a une table d'orientation, il doit s'y retenir pour ne pas s'effondrer car le spectacle qu'il découvre est terrifiant. Il voit la Seine charrier des masses sombres, de lourds caissons et en aval, le pont levant tendre ses grands moignons de fer. Çà et là d'étranges lueurs, on dirait des incendies qui peinent à s'éteindre. Une lumière verdâtre auréole peu à peu la ville ; une ville en suspension, qui s'écroule sous ses yeux. Les bâtisses et les clochers sont chahutés comme dans un jeu de construction. Au-dessus, le ciel est lourd, crevé de nuages aux formes inquiétantes. Et soudain, ils sont là, face à lui, venant du sud. Ils ont surgi, éclairs métalliques, monstres rigolards, vrombissants, insectes aux pattes écartelées, gargouilles volantes, grotesques figures désarticulées sorties du moyen-âge et au centre, là-haut, un dragon de fer qui crache et ricane. C'est une armée de cauchemar, une meute de drones. Et de la ville, une rumeur gronde, se mêlant aux feulements des envahisseurs.

Chevalier dérisoire, Antoine, dans un sursaut, tente de résister. Il sort de sa poche sa seule arme, le livre de Flaubert, qu'il balance à la face des drones. Puis il étend les bras, les pans du grand manteau s'écartent, se gonflent, rendant sa silhouette menaçante. Il ne peut rien faire de plus. Vaincu, il baisse la tête et, comme un pantin, tangue et s'écroule contre la table de granite. Et il reste de longues minutes ainsi, engourdi, immobile.

Puis le silence revient. Peu à peu, il reprend conscience de son corps douloureux, de sa respiration. Mais il ne bouge pas, comme si un seul mouvement pouvait le mettre en danger. Le contact de sa joue avec la pierre lisse le rassure. Il se redresse enfin, réussit à faire quelques pas. Il contemple alors un paysage familier qui émerge de la brume, dans les lueurs roses de l'aube.

La ville est à ses pieds, avec ses lumières, ses quartiers, ses ponts, ses églises. Le soleil va bientôt se lever derrière la côte Sainte Catherine. Un vent frais agite les taillis. Quelques oiseaux chantent. Sur sa droite, il aperçoit deux yeux luisants, un museau pointu. Une renarde s'est arrêtée à la limite du terrain découvert. Elle l'observe un moment, puis, indifférente, trottine vers le vallon à la recherche de détritus laissés par les hommes.

Antoine la regarde disparaître, furtive et souple. Alors il redresse son vélo et s'engage sur la route qui descend vers la ville. Il est si fatigué. Il peut prendre son temps maintenant ; il arrivera bien assez tôt chez lui. Il marche en poussant son vélo dans la pente, indifférent à ce qui l'attend, à ce qu'il lui reste de sa vie d'avant, espérant simplement que les poissons rouges auront survécu.

Françoise Cribier

Éva

La fissure au plafond est toujours là, peut-être un peu allongée depuis sa dernière séance : partie de l'angle gauche, elle atteindra bientôt la poutre marquant la fin de sa psychanalyse, comme Éva l'a secrètement décidé. Elle ne l'a découverte que la semaine dernière et elle s'interroge sur sa cécité initiale — son déni dirait son analyste — qui participait probablement de son idéalisation de la psychanalyse et de lui dont elle ne savait pas grand-chose. Avait-il remarqué la fissure ? Se taire, pour ne pas risquer la question stupide des psychanalystes fatigués : « et à quoi cela vous fait-il penser ? »

« Nous allons nous arrêter là pour aujourd'hui… » Éva se lève, un peu titubante, paie la séance en faisant bien attention de ne pas lui toucher les doigts et se retrouve dans la rue Saint-Romain, pas loin de l'hôtel de la Cathédrale, si charmant avec sa petite cour fleurie d'hortensias. En d'autres temps, elle aurait adoré y retrouver un amant… Éva hausse les épaules, irritée de ces rêveries vaines qui lui venaient souvent après la séance et donc irritée par cette thérapie du siècle dernier, et ses désuètes théories patriarcales. En feuilletant le dernier livre de Freud, *L'homme Moise et la religion monothéiste*, elle était tombée sur cette phrase qu'elle avait retenue tant elle était scandaleuse : « Le passage de la mère au père caractérise une victoire de l'esprit sur la vie sensorielle, donc un progrès de civilisation » ! Elle était effarée par toutes ces idioties sur l'anatomie féminine, le clitoris qui serait un pénis atrophié, et elle ne comprenait toujours pas cette incroyable affirmation : « L'anatomie, c'est le destin » ! Beau destin pour une femme de n'être qu'un petit homme rabougri ! Mais elle ne doit pas oublier que la psychanalyse est sa dernière carte. Après avoir essayé le yoga, la sophrologie, la méditation, l'hypnose, et quelques séances chez un magnétiseur, Éva souffre toujours d'un terrifiant sentiment de vide qui la fait se précipiter vers n'importe quoi susceptible de colmater la brèche, un voyage lointain, la pratique intensive d'un sport, un homme… Elle avait effectivement pris quelques amants pour se sentir exister dans le regard désirant d'un homme. Elle s'était trouvée pitoyable et gardait de ces expériences un souvenir désolant. Pour calmer son énervement,

Éva s'engouffre dans sa boutique de vêtements favorite, devenue son refuge depuis les débuts de sa psychanalyse. Au prix d'un vêtement par séance, elle a plus que doublé le budget de sa cure… Mais aujourd'hui, elle sait d'avance que rien ne lui ira. Dans la cabine, elle enfile les uns après les autres des pulls informes aux couleurs criardes qui, d'après la vendeuse, vont tellement bien à son teint de rousse. Au bord des larmes, elle fouine dans les rayons et découvre avec soulagement la petite robe noire fétiche, sa valeur sûre. Dans le miroir, elle se trouve énorme, malgré les protestations de la vendeuse qui lui assure que cette robe est faite pour elle. Éva sort de la boutique, déprimée mais fermement décidée à faire cet été le stage de jeûne en Auvergne, très prisé par ses amies, mais un peu cher pour elle. C'est dans cet état d'abattement qu'elle rencontre sa vieille amie de collège, Aurore, élégamment vêtue d'une veste noire sur une chemise blanche, mais difficilement reconnaissable avec son crâne rasé, sa barbe et ses tatouages. Aurore avait fait sa transition : depuis trois mois, on l'appelait Jo. Au début, ce n'était qu'un jeu entre copines, qui voulaient se moquer des attitudes machistes en les caricaturant. Éva avait participé à ces soirées. Elle adorait se faire une moustache avec du manscara et s'asseoir sans vergogne en manspreading. On parlait fort, on buvait des bières et on riait beaucoup. Mais Aurore-Jo ne jouait plus. Elle proclamait son genre actuel, le masculin, tout en revendiquant sa liberté d'adopter le genre féminin quand elle le sentirait, peut-être demain, ou peut-être jamais. Éva ne se sentait plus très à l'aise avec elle, tout devenait trop compliqué. Il lui fallait oublier la jolie jeune femme passionnée qui la faisait hurler de rire dans ses imitations des hommes de leur entourage et s'habituer à ce Jo, un peu triste et tellement sérieux. Désormais, les textos s'écrivaient obligatoirement en écriture inclusive et Éva avait renoncé à leurs échanges autrefois si drôles depuis que Jo-Aurore l'avait qualifiée avec mépris d'hétéronormée, simplement parce qu'elle avait osé écrire ils et non iels pour désigner leurs anciens professeurs ou plutôt professeuses, ou peut être professeur.es… Éva s'y perdait et la communication devenait vraiment difficile, avec le risque permanent de blesser son amie en la mégenrant, comme elle disait… Mais aujourd'hui Jo affiche un sourire qui rappelle Aurore et Éva accepte son invitation à prendre un verre en terrasse. À peine assise Jo lui dit qu'elle est la première à qui elle annonce la grande nouvelle : elle vient de s'inscrire sur la liste d'attente d'un programme de fécondation *in vitro*. Il faut juste trouver un donneur et si tout va bien, après un léger traitement hormonal et une petite intervention, elle aura un enfant dans deux ans… Un enfant dont Jo serait le père, pense

Éva, mais un père qui aurait été enceint (ou enceinte) ? Les questions se bousculent dans sa tête, mais elle se contente d'un « Ah bon ... » manquant d'enthousiasme. Pourtant, se dit-elle, un enfant, c'est merveilleux…

— Un enfant, c'est merveilleux, n'est-ce pas ? »

— Oui, c'est merveilleux, répond Éva qui se pose la question d'un enfant dans son couple depuis des années. Mais Jo est très pressé aujourd'hui, il y a tellement de démarches à faire. « J'ai tellement de démarches à faire, je te laisse, à plus…Tu vas bien, toi ? »

Éva, restée seule, se sent perdue. Elle pense qu'elle n'est peut-être pas faite pour cette époque. Mais il lui faut reconnaître qu'elle se sent surtout très envieuse : Jo est tellement sûr de lui et Éva lui envie ses certitudes, ses choix, sa liberté. Elle aussi aimerait affirmer ses désirs sans éprouver de culpabilité. Elle se sent idiote avec ses doutes permanents, inconsistante, rien, elle n'est rien… La vague d'ennui bien connue menace de la submerger et elle doit réagir vite ! Et si elle organisait un dîner, un dîner joyeux, convivial, où on pourrait se moquer gentiment les uns des autres et de soi, sans que ce soit tragique ? Elle pianote sur son téléphone et envoie rapidement ses invitations aux amis proches. Tous acceptent avec enthousiasme, mais… Olivier qui est végane, veut apporter son plat de pousses de soja, ses graines de chanvre et son tofu. Murielle, allergique au gluten, lui rappelle la liste des aliments rigoureusement interdits. Patricia serait très heureuse de venir, mais elle doit rentrer avant l'heure du coucher de ses poules, pour leur dire bonsoir afin qu'elles ne soient pas traumatisées par son absence ; il lui faut donc être chez elle avant le coucher du soleil. Alice, après une certaine heure, ne peut se passer de ses doudous si elle veut s'endormir d'un sommeil paisible, et elle craint que certains se moquent d'elle, parce que, des doudous, à trente-cinq ans…. Pascal ne tolère pas qu'on se mette à table avant 22 heures, parce qu'il est insomniaque. Éva renonce…

Elle a soudain très envie de retrouver sa maison, d'écouter la musique qu'elle aime, en ce moment c'est Schubert, une mélodie hongroise, une ritournelle toute simple qui ne la quitte plus. Elle veut aussi réfléchir à ses projets à elle, enfin, ses vagues projets. Avec presqu'une année de psychanalyse derrière elle, Éva envisage de créer un site d'analyse de rêves en ligne. C'est une idée que lui a soufflée Myriam qui, avec sa start-up de solutions immédiates contre les baisses de moral, a déjà des milliers de *followers*. Tout cela lui paraît un peu dérisoire, mais pourquoi pas ? Elle a entendu récemment l'interview d'une très jeune femme qui, en racontant simplement sa journée sur les réseaux sociaux, s'est fait des millions d'amis qui calquent le déroulement de leur quotidien sur le sien et s'en trouvent métamorphosés… Peut-être que cela aiderait des gens de donner un sens à leurs rêves… Éva, comme d'habitude, déplore son manque de formation. Après une année de droit mortelle d'ennui, elle a fait Beaux-Arts, se croyant douée pour l'aquarelle. En cours d'année, elle a rencontré Claude, brillant étudiant en médecine et l'a épousé parce qu'elle s'imaginait volontiers en femme de médecin, le soutenant dans la glorieuse carrière hospitalière à laquelle il aspirait. Ils auraient habité une des grandes demeures bâties sur la colline dominant la ville. Elle l'aurait accompagné à travers le monde dans de prestigieux congrès dont il aurait été l'invité d'honneur. Bien sûr, ils auraient été accueillis dans les cercles fréquentés par la grande bourgeoisie et elle aurait rencontré des grands scientifiques et peut être aussi des artistes célèbres qui auraient reconnu et encouragé son talent d'aquarelliste… Mais Claude avait raté ses concours hospitaliers, et il était devenu le médecin généraliste frustré d'un quartier excentré de Rouen. Éva s'étonnait encore du conformisme de ses rêves de jeune fille qui confortait son impression d'appartenir à une époque révolue. La déception avait cependant été bien réelle, blessure gravée toujours actuelle, ainsi que le désintérêt pour un mari qu'elle jugeait médiocre et pour lequel elle n'éprouvait plus qu'une affection de bonne camarade.

Éva poursuit sa déambulation dans les rues de la ville. Elle traverse la place Barthelemy, s'amuse comme chaque fois de ses maisons bizarrement penchées, hésite à pénétrer dans Saint-Maclou où l'attirent les accords profonds d'un concert d'orgue, remonte la rue Damiette dont elle connaît tous les antiquaires, puis la charmante rue Eau-de-Robec que longe le petit cours d'eau. Elle a toujours aimé marcher dans Rouen. Elle se plaît à s'imaginer en passante du dix-neuvième siècle, égarée dans une aventure amoureuse, visage caché par une voilette, corps gracieux pris dans une étroite robe longue, pieds chaussés de bottines lacées aux talons claquant sur les vieux pavés… La majestueuse abbatiale Saint-Ouen, le jardin de l'Hôtel de ville, ces lieux familiers, sont des amis fidèles qui la consolent, la rassurent. Il pleut doucement maintenant et Éva se love dans tout ce gris qui l'enveloppe et la protège. Mais de quoi ?

Après la montée de l'étroite rue Saint Nicaise, et une pause-caresse pour les chats qui la connaissent bien, elle arrive devant sa maison, cachée par les tilleuls, éprouve la petite joie habituelle au grincement de la grille, pénètre dans l'entrée un peu sombre mais est arrêtée par un bruit de voix venant du bureau de Claude, son mari. Elle avait complétement oublié qu'on était jeudi, jour où Hubert, son ami pharmacien, venait discuter avec lui des dernières innovations scientifiques. Sur ses conseils, Claude avait élargi sa modeste clientèle de médecine générale, grâce à la naturopathie, qui était la passion du pharmacien. La discussion était animée et Éva ne pouvait échapper à leurs échanges enflammés :

— Nous ne nous laisserons pas faire ! Nous sommes des résistants, et nous parlons au nom de tous les résistants morts pour la liberté ! hurlait Hubert.

— Oui, s'échauffait Claude, des résistants, et notre devoir et de montrer la voie à nos patients. Nous ne les laisserons pas se faire empoisonner par ce vaccin fabriqué pour enrichir les industries pharmaceutiques ! Nos patients ne sont pas des cobayes !

Comme tous les jeudis depuis qu'un virus venu de Chine sévissait dans le monde, c'est-à-dire depuis presque deux ans, les deux hommes s'exaltaient en partageant leurs convictions sur cette maladie et les mesures prises pour l'enrayer, convictions qui frôlaient le délire lorsque s'avançait la soirée et que la bouteille de whisky se vidait.

— Nos animaux sont maltraités, de façon industrielle, et c'est maintenant pareil pour nous, reprenait Hubert ! Tu sais qu'ils ont introduit une micropuce dans leur vaccin pour nous contrôler tous ?

— Oui, reprit Claude, et avec les antennes 5G qui diffusent le virus partout, on y aura tous droit !

— Ce qu'il faudrait, c'est un bon traitement de cette maladie et, dit Hubert sur le ton de la confidence, j'ai ma petite idée…

— Un bon traitement ! Une idée ? Toi alors, dis- moi…

— Je t'ai déjà parlé des vertus du fenouil… Eh bien, il faudrait faire boire au patient, dès l'apparition des symptômes, du thé vert avec une décoction de fenouil.

— Mais bien sûr, et on pourrait ajouter quelques gouttes d'eau de Javel pour purifier le tractus gastro-intestinal !

— Oui, de l'eau de Javel ! Génial ! on pourrait essayer dès demain sur ce pauvre Arthur, tu sais ton patient mal comprenant…

— Ah oui le demeuré ? Justement, il tousse un peu, c'est surement le virus ; on le teste et on essaie, d'accord !

Éva était abasourdie par ce qu'elle entendait. Mais, après tout, c'étaient les affaires de son mari et elle n'avait pas à s'en mêler. Et puis s'ils avaient raison, si ce virus avait vraiment été fabriqué pour vacciner et asservir les masses populaires ? À nouveau elle éprouve la morsure d'un sentiment d'envie pour leurs certitudes. Son mari désespérément terne et précocement vieilli par ses renoncements, retrouvait un peu de la superbe de l'étudiant ambitieux d'autrefois depuis qu'il affichait sa rébellion contre ce qu'il appelait le Système. Grâce à la crise sanitaire qui ravageait la planète, Claude et son ami pharmacien avaient acquis une identité de résistants qui les faisait se lever chaque matin enthousiastes, heureux de leur amitié renforcée et remplis de haine contre leurs ennemis, les méchants provaccins. Depuis quelque temps, elle avait l'impression dérangeante que chaque personne de son entourage revendiquait un comportement lui servant d'identité qui lui assurait l'appartenance à une communauté dont elle se sentait forcément exclue. Et elle avait observé que chaque communauté distincte se déclarait victime d'une autre communauté. La manière de manger, de dormir, de se vêtir, les nouveaux codes de langage et d'écriture étaient brandis par tous comme des boucliers dans un conflit généralisé entre soi et les autres, les genrés contre les sexués, les binaires contre les non-binaires, les véganes contre les mangeurs de produits animaliers, les antivax contre les provax et ainsi à l'infini... Éva ne savait pas quel bouclier choisir ni à quelle communauté s'apparenter et elle se sentait isolée, éliminée d'un monde bardé de croyances toutes contradictoires. Mais contre quel ennemi se défendaient-ils ? De quels désastres se protégeaient-ils tous ? Et pourquoi ce fantasme général de perte d'identité qui les contraignait à une quête désespérée d'une identité prêt-à-porter ? Elle sourit à l'idée que, n'étant rien, elle n'avait rien à perdre et aucun besoin d'une course vaine pour retrouver quelque chose qu'elle n'avait jamais possédé. Elle pensa soudain à son analyste… il ne revendiquait rien, ne lui imposait rien, il l'écoutait tout simplement. Au fait, cette fissure au plafond, à quoi lui faisait-elle penser ?

Hubert Heckmann

L'*Allochtone* de Camus

Aujourd'hui, Parent 1 a bénéficié de son droit à la fin de vie. J'ai reçu un texto de l'ADMR, ou peut-être de l'ADMD, je ne sais pas : « Parent 1 DCD. Humusation demain. Cdt. » Cela ne veut pas dire grand-chose ni grande chose. C'était peut-être le hier ou la veille.

Le·a jardin-forêt du souvenir et de la mémoire est à Marengo, mais ielles vont bientôt cancel ce toponyme qui rappelle à la fois une bataille menée par un supréma-ciste blanc et l'holocauste des poulet·tes, veaux·elles et lapin·es que des viandard·e·s inhumain·e·s ingurgitaient naguère à la sauce tomate et vin blanc. Je prendrai l'autobus et la patache à deux heures et je préfère arriver dans l'après-midi, parce que ce substantif à la fois masculin et féminin m'évite de chercher un synonyme pour rétablir la parité textuelle. J'ai demandé deux jours et deux journées à maon patron·ne et iel ne pouvait pas me les refuser avec un motif et une excuse pareil·les·s. Mais iel n'avait pas l'air content ni la dégaine jouasse. Je lui ai même dite : « Ce n'est pas de ma faute si deux jours et deux journées font quatre. C'est l'inclusivité qui double les congés et les vacances. » Iel n'a pas répondue. J'ai pensée alors que je n'aurais pas dûte lui dire cela. En somme, je n'avais pas à m'excuser auprès d'un·e exploiteur·ice capitaliste. C'était plutôt à ul de me présenter ses condoléances et d'implorer mon pardon pour toustes ses privilèges. Mais iel le fera sans doute après le prochain séminaire « diversité et inclusion en entreprise ». Pour le moment et la circonstance, c'est un peute comme si Parent 1 n'avait pas rendute l'âme et le dernier soupir. Après l'humusation par une start-up écolo, au contraire, ce sera un dossier et une affaire classé·e·s et touste aura revêtue une allure et un aspect plus officiel·le·s. J'ai prise l'autobus et la patache à deux heures. Il faisait très chaude. J'ai mangée au restaurante, chez Célestin·e, comme d'ordinaire et d'habitude. Ielles avaient touste beaucoup de peine et de cafard pour moi et Célestin·e m'a dite : « On n'a qu'un·e Parent 1. » Quand je suis parti·e, ielles m'ont accompagné·e à la porte et à l'huis. J'étais un peu étourdi·e parce qu'il a fallute que je monte chez Emmanuel·le pour lui emprunter une cravate et un brassard noir·e·s. Iel a perdue son oncle et sa tante, il y a quelques mois et menstrues.

J'ai courute pour ne pas manquer le départ et la partance. Cette hâte et cet empressement, cette course et ce marathon, c'est à cause et du fait de tout cela sans doute et sans hésitation, ajouté aux cahots et aux secousses, à l'odeur et au parfum d'essence, à la réverbération et au rayonnement de la route et du ciel, que je me suis assoupi·te. J'ai dormi·te pendant presque toute la route et le trajet. Et quand je me suis réveillé·e, j'étais tassé·e contre un·e militaire. Iel m'a demandé si je faisais du manspreading ou si j'étais un·e frotteur·euse des transport·e·s en commun·e. J'ai dit « les deux » pour n'avoir pluste à parler. Parce que merde !

Table

Tony Gheeraert, avant-propos, 3

Nouvelles lauréates du concours

Sébastien Verdier, « Épidémie au logis », 7

Hélène T. Darasco, « La Vatnaz », 31

Romain Daniel,
« Un lendemain meilleur », 55

Philippe Rolland, « Cent idées pour un
avenir », 75

Thierry Harzallah, « L'âme bleue », 97

Nouvelles complémentaires

Anna Fouqué, « *Hard Rock* balcon », 115

Agnès Romier, « Le choix d'Antoine », 145

Françoise Cribier, « Éva », 165

Hubert Heckmann, « *L'Allochtone*
de Camus », 183

9 798488 546882